U0056933

瑞蘭國際

瑞蘭國際

A1
適用程度

第一冊

印尼語一學就上手！

QR Code版

王麗蘭　著

作者序

印尼語真的一學就上手，一起來當印尼文化大使吧！

近年來，學習印尼語變成一種熱潮，主要原因是台灣人到印尼的投資越來越多，也因為兩國的文化、教育、商業、人力資源往來頻繁，因此越來越多台灣人希望可以快速掌握基本印尼語的溝通。除此之外，另一個原因則是台灣越來越多元與國際化，開始意識到國際化不只是英、美、德、法、日、韓等國家，而開始把焦點放在離台灣更近的東南亞，例如印尼。

我在台灣教印尼語已經邁入第十年。這些年來教過數千位學生，發現台灣學生的學習力非常好，儘管工作忙碌或課業繁重，大家還是很努力地學習，勇於練習並學以致用。很多人也意識到若能用印尼語直接和客戶、商業夥伴、或家裡的看護姐姐或妹妹說話，絕對能讓彼此的溝通更順暢、市場更寬廣、彼此的關係更緊密。因此，大家在課堂上勇於發問，不論是關於語言、旅遊、商業、文化或是特殊風俗，都展現高度的興趣和對多元文化的包容力。

而我自己的教學和研究興趣在東南亞，長期也在印尼和馬來西亞等地進行社會文化相關的研究，加上我多元文化的背景，亦成為我跨越不同國家和文化的最大優勢。因為教學與研究需要，我長期關注台灣與印尼的局勢與發展，特別是語言文化教育、族群關係、政治經濟等方面。這些年來，最大的心得就是：台灣仍然缺乏對東南亞的深入認識與關注。因此希望從自己做起，透過印尼語的教學工作，把印尼豐富的語言與多元的文化介紹給台灣。

本書集結了多年來的教學講義與課綱，內容包括發音、句型、文法等。經過實際的教學、學生意見的回饋、多次的修改，才得以出版成書。這一本更是2015年出版的《印尼語，一學就上手！（第一冊）》的最新改版，不但對語言和文法進行改版，並提供QR Code讓讀者可以直接下載MP3。我也想藉由這個機會特別感謝課堂上的每一位學生，因為有您們的熱情、動力、支持與鼓勵，這本書才得以問世。在這裡，向大家說聲terima kasih banyak！

本書得以出版，得到非常多貴人的幫忙與協助。感謝瑞蘭國際出版的社長王愿琦、副總編輯葉仲芸、設計部主任陳如琪，沒有大家的鼓勵、專業意見與美編設計，讀者將不會有機會閱讀到這本精美的書。另外，也要特別感謝鄭亦涵的鼎力相助，一手包辦了造型設計的工作。此外，更要感謝兩位專業的印尼語錄音老師林慧蘭和溫尼可，讓學生學習到標準與道地的口音。非常感謝每一位勞苦功高的幕後功臣！

將本書出版，不僅希望能讓更多人有機會接觸印尼語，也希望讓台灣人了解學習印尼語並不困難，特別是口語的部分，真的可以說是一學就上手。而當記得了基本句型和單字之後，就可以舉一反三，自行發展出更多的句子。所以，邀請您一起加入學習印尼語的行列吧！一起來成為台灣的印尼文化大使！

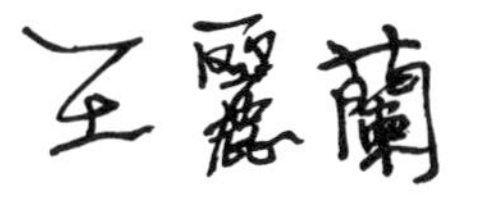

2021年5月於基隆

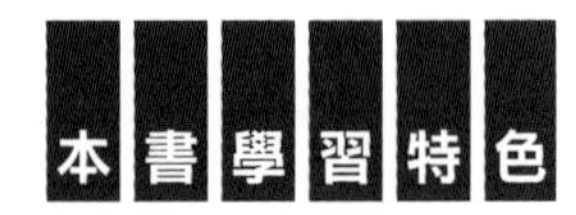

本書學習特色

印尼語對很多人來說，既陌生又新鮮。但大家並不知道，其實印尼語很好學，甚至可以說是一學就上手。印尼語的文法簡單，只要掌握幾個基本句型，加上足夠的單字量，肯定可以朗朗上口。因此，這本書是針對完全沒接觸過印尼語或從來沒系統性學習過印尼語的一般大眾，透過12堂課，由簡入深的課程設計，讓初學者快速掌握印尼語的聽、說、讀、寫。

由於印尼語是拼音文字，所以首先要從認識它的字母讀音開始。印尼語使用羅馬字母，和英語一樣是26個字母，其中有5個母音、21個子音。本書共有五大特色，第一大特色是循序漸進的課程內容，就是從最基本的發音開始，到自我介紹、與別人的日常溝通、數字、星期等。讓完全沒有基礎的學習者，可以從詳細的句型解說、例句、單字表中，有系統地學習並學會印尼語。

本書第二大特色，是整理歸納了基本句型中一定會用到的連接詞、介係詞、常用動詞及例句、疑問代名詞、標點符號用法等，而且每一堂課都有文法解說，讓學習者能更清楚地了解句型或單字的使用原則。這些文法除了在課文中有詳細的解說之外，也統整置於附錄中，讓學習者更能一目了然，也有助於複習。

本書第三大特色，是在正課之外也規劃了幾個小單元，例如：「開口說說看」、「你說我聽」等，讓學習者可以迅速累積常用的生活句子，並能隨時反覆練習。由於正式的印尼語和日常的印尼語在口語上有些差距，因此本書規劃了「你說什麼呀！？」的單元，以最常見的印尼語日常口語為主，讓學習者也能學習到這一部分。

語言承載著文化，因此本書第四大特色，是在每堂課之後規劃了文化知識的單元，讓學習者不只學習語言，也能瞭解印尼多元的文化。此外，還有一個小單元「你知道嗎？」提供印尼有趣又玩味的小資訊，讓學習者輕鬆認識印尼；「生活智慧」則提供印尼俚語，讓大家認識印尼古人的智慧。

本書的第五大特色，是提供了全印尼語的對話練習、聽力訓練以及短文閱讀的範例文章，學習者在建立了穩固的單字、文法基礎之後，能夠實際閱讀短文或聆聽相關對話，讓實力更上一層樓。

期待因為有著這一本書，各位有朝一日能說流利的印尼語，並輕鬆遊歷多元豐富的印尼！

王麗蘭

了解印尼語的由來與特性，勇敢開口說印尼語吧！

在學習印尼語之前，必須先對印尼這個有「萬島之國」別稱的國家有幾個基本的概念。印尼是由多個群島組成的國家，包含300多個族群和700多種語言和方言。而在這麼多的地區和多種語言中，還各有不同的腔調，這就是印尼多元的面貌。然而這並不影響印尼國內各族的團結，這是因為有統一的國家官方語言——印尼語讓彼此可以溝通。目前全世界使用印尼語的人口多達2億7千萬人，尤其集中在印尼、馬來西亞、汶萊、新加坡、泰國南部等地。

印尼語（bahasa Indonesia）屬於南島語系（Austronesian）中的馬來－玻里尼西亞語族（Malayo-Polynesian），但它其實是源自於馬來語（bahasa Melayu）。談到印尼語的歷史，大部分的人相信自7世紀的「三佛齊王朝」（或稱「室利佛逝」）（Srivijaya）時期開始，印尼語就已經是印尼馬來群島內的溝通語言。一直到現在，印尼語還是一個不斷在發展與更新的語言。

在1928年的印尼青年大會中通過的青年誓言（Sumpah Pemuda）裡，來自全印尼各地的青年代表就已經把印尼語訂為促進人民團結的共同語言。而印尼在1945年獨立時，更進一步把印尼語訂為國家官方語言。由於文化、宗教、商務的交流，印尼語經歷了不同的書寫系統，包括爪夷文（Jawi，類似阿拉伯字母的書寫系統）以及在20世紀初以後才普遍流行的羅馬字母。在書寫拼音方面，印尼語受到荷蘭語拼音的影響，直到1972年印尼頒布「精確拼音」（Ejaan Yang Disempurnakan, EYD），才逐漸確立印尼語的書寫拼音方式，並一直延用至今。

由於特殊的歷史與政治因素，印尼語受到不同文化與語言的影響，吸納了不同語言的詞彙。根據印尼語言中心（Pusat Bahasa）的統計，最多外來語的來源是荷蘭語，大約有3000多個詞彙；其次是英語，約1600多個；再來是阿拉伯語，約1400多個，其他的還有梵語、客家話、福建話等。此外，也有印尼境內不同族群方言的影響，例如來自爪哇語（Jawa）的外來字有1000多個、米南加保語（Minangkabau）有900多個，還有其他例如巽他語（Sunda）等。可見印尼語多元又豐富，名副其實的「語言就是文化」！

印尼語能夠成為各群島間的溝通語，也是因為印尼語的語法相當簡單容易，能夠廣為其他族群所接受。第一，印尼語沒有陰陽性，因此在人稱代名詞、動詞等，不會因為性別的不同而改變形式。第二，印尼語沒有敬語或謙遜語等，無論是什麼身分或地位，都不會因為要使用敬語而有動詞的變化。印尼語要表達敬意時，直接使用稱呼（例如Bapak 先生、Ibu 女士）即可。第三，印尼語基本句型是「主詞－動詞－受詞」，與中文有相似的地方，使得華語學習者感覺容易上手。第四，印尼語的動詞沒有時態的變化，想要表達過去、現在或未來，則直接加上時間來表達即可。第五，印尼語的動詞、名詞變化，以文法上的前綴或後綴的方式（例如meN-、ber-、peN-、ter-、di-、-an、-kan等）附加在字根前後，法則明確清楚，容易又好學！

世界上的任何一個語言，只要是活的語言，都會不斷地產生變化，例如產生新的詞彙、不同地區受到不同腔調的影響、各地習慣語的不同等。從語言教育的角度來看，每一個國家必定推行標準語，但可能與一般人的生活用語有很大的差距，這也是外語學習者覺得困難的地方。印尼語的情況亦是如此，首先，因為幅員遼闊，印尼每個地區都有各自的方言，因此日常對話中難免會有夾雜各地母語和印尼語的情況。其次，印尼人的生活用語使用大量的口語說法以及語助詞，與正式的、文書上的印尼語差異很大。第三，不同地區、不同族群所習慣使用的詞彙、腔調、講話的方式並不一定相同。因此，當我們在學習印尼語時，切記要因地制宜，才能充分地融入各地的印尼文化！

由於印尼特殊的地理環境和歷史背景，幾乎每一個印尼人至少都有雙語能力，能掌握自己當地母語和印尼語。更多的人可能同時會好幾種不同的語言，再加上國際通用語例如英語、日語或華語，一個印尼人能掌握4到5種語言，可是一點也不稀奇喔！所以，當您在學習印尼語時，壓力不需要太大，只要隨時記得：語言是為了溝通，是為了表達想法。只要勇敢說出印尼語，我相信印尼人都會用微笑來回報您，因為這就是印尼人包容多元的精神！

如何使用本書

《印尼語，一學就上手！（第一冊）》是王麗蘭老師根據多年教學經驗，特別為印尼語的初學者規劃的學習書。全書共有12課，分成三大部分：

PART 1 發音　Pelajaran 1～2

印尼語是由羅馬字母所組成的拼音文字，和英語一樣是26個字母，其中有5個母音、21個子音，所以學習印尼語，首先要從認識它的字母讀音開始。本書從發音開始，循序漸進，待學習者完全熟悉發音和文字之後，再進入後面10課正課。

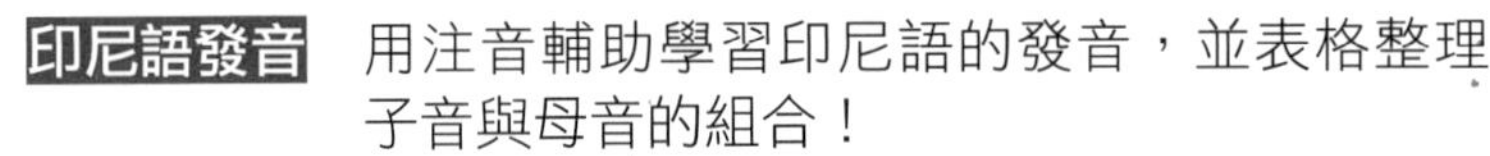

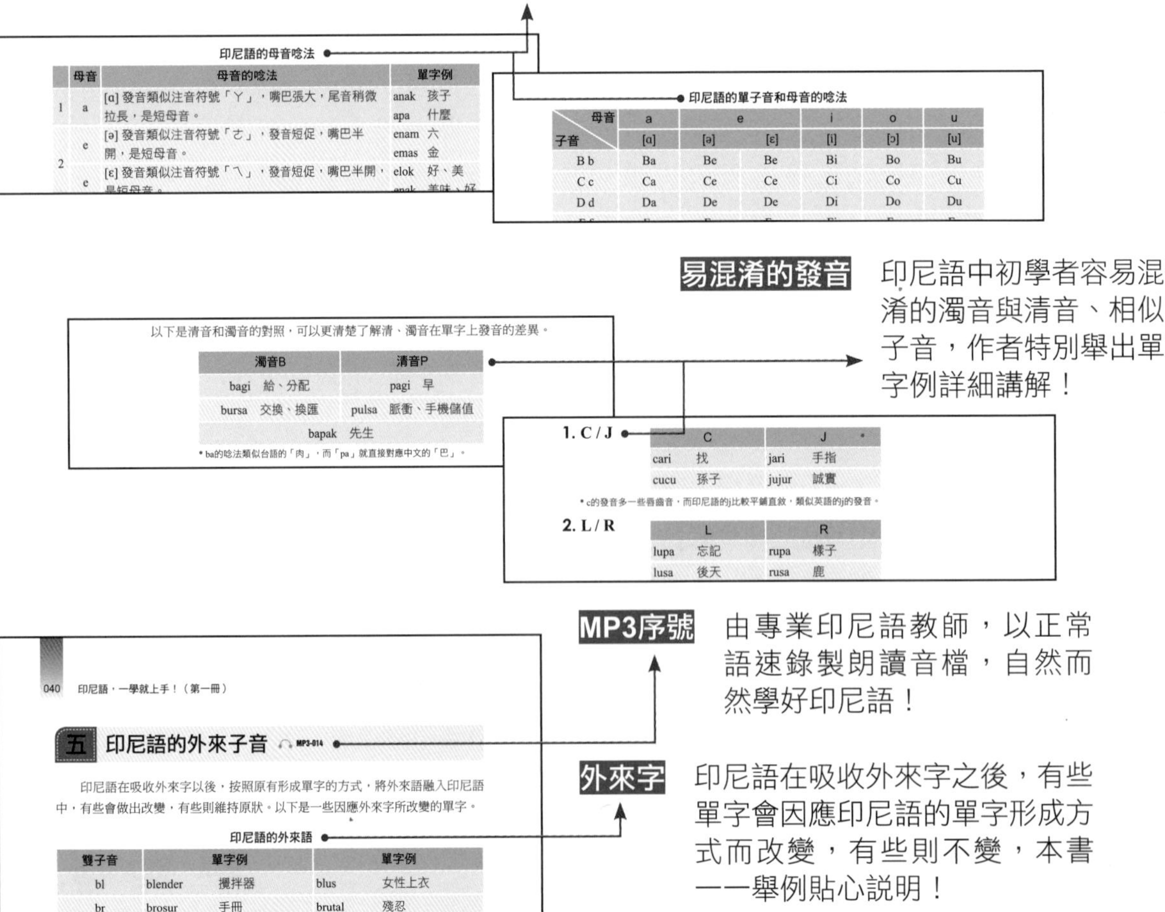

PART 2 正課　Pelajaran 3～12

在學習發音之後，進入正式課程。從打招呼、自我介紹、與別人的日常溝通、數字、到時間等，完全沒有基礎的學習者可以從詳細的句型解說、例句、重點生字、對話中，由淺入深，有系統地學習並學會印尼語，聽、說、讀、寫的實力就在扎扎實實地學習中逐步累積。

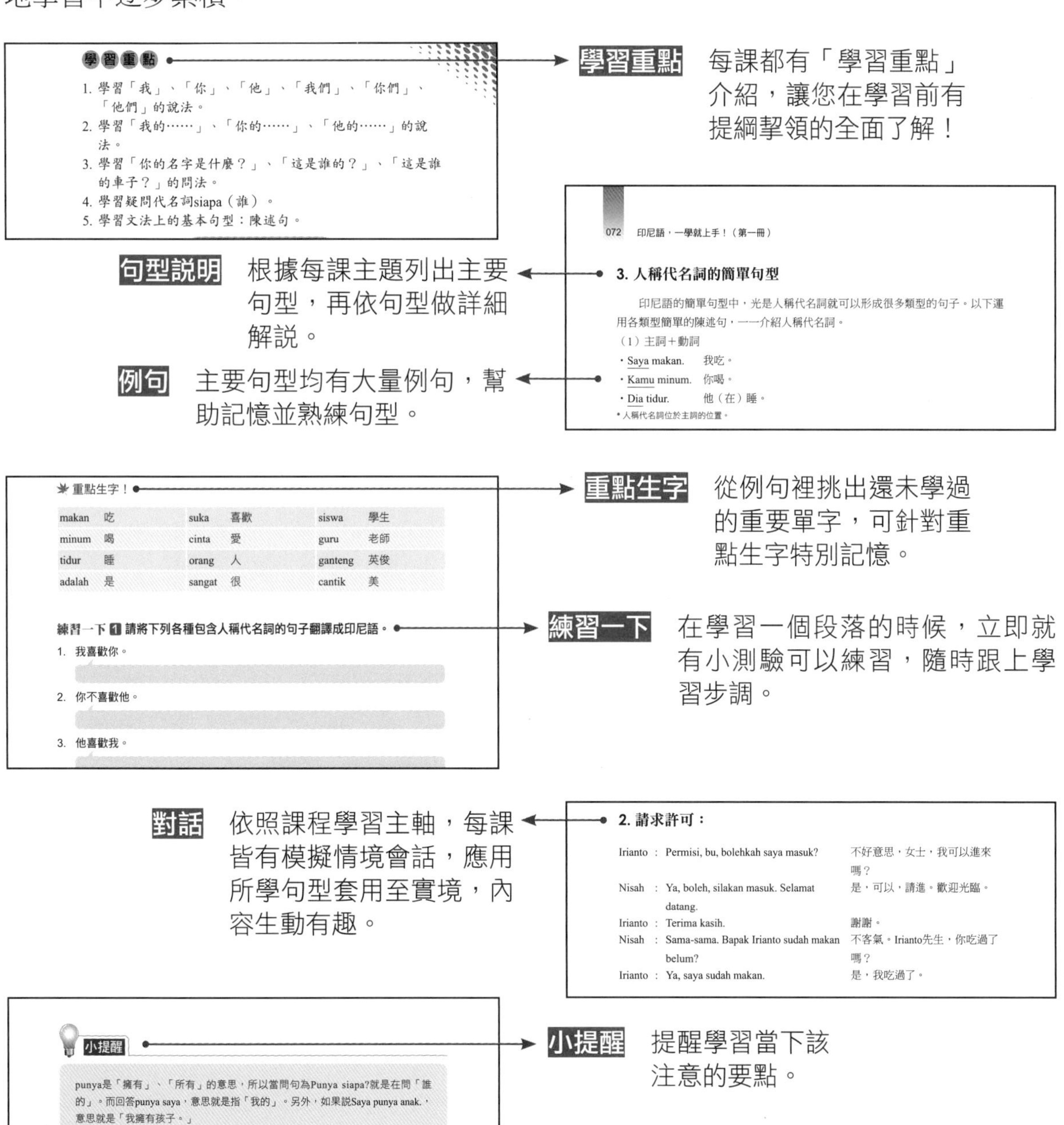

學習重點

1. 學習「我」、「你」、「他」、「我們」、「你們」、「他們」的說法。
2. 學習「我的……」、「你的……」、「他的……」的說法。
3. 學習「你的名字是什麼？」、「這是誰的？」、「這是誰的車子？」的問法。
4. 學習疑問代名詞siapa（誰）。
5. 學習文法上的基本句型：陳述句。

學習重點 每課都有「學習重點」介紹，讓您在學習前有提綱挈領的全面了解！

072　印尼語，一學就上手！（第一冊）

3. 人稱代名詞的簡單句型

印尼語的簡單句型中，光是人稱代名詞就可以形成很多類型的句子。以下運用各類型簡單的陳述句，一一介紹人稱代名詞。

（1）主詞＋動詞

- Saya makan.　我吃。
- Kamu minum.　你喝。
- Dia tidur.　他（在）睡。

＊人稱代名詞位於主詞的位置。

句型說明 根據每課主題列出主要句型，再依句型做詳細解說。

例句 主要句型均有大量例句，幫助記憶並熟練句型。

重點生字！

makan 吃	suka 喜歡	siswa 學生
minum 喝	cinta 愛	guru 老師
tidur 睡	orang 人	ganteng 英俊
adalah 是	sangat 很	cantik 美

重點生字 從例句裡挑出還未學過的重要單字，可針對重點生字特別記憶。

練習一下 1 請將下列各種包含人稱代名詞的句子翻譯成印尼語。

1. 我喜歡你。
2. 你不喜歡他。
3. 他喜歡我。

練習一下 在學習一個段落的時候，立即就有小測驗可以練習，隨時跟上學習步調。

2. 請求許可：

Irianto ：	Permisi, bu, bolehkah saya masuk?	不好意思，女士，我可以進來嗎？
Nisah ：	Ya, boleh, silakan masuk. Selamat datang.	是，可以，請進。歡迎光臨。
Irianto ：	Terima kasih.	謝謝。
Nisah ：	Sama-sama. Bapak Irianto sudah makan belum?	不客氣。Irianto先生，你吃過了嗎？
Irianto ：	Ya, saya sudah makan.	是，我吃過了。

對話 依照課程學習主軸，每課皆有模擬情境會話，應用所學句型套用至實境，內容生動有趣。

小提醒

punya是「擁有」、「所有」的意思，所以當問句為Punya siapa?就是在問「誰的」。而回答punya saya，意思就是指「我的」。另外，如果說Saya punya anak.，意思就是「我擁有孩子。」

小提醒 提醒學習當下該注意的要點。

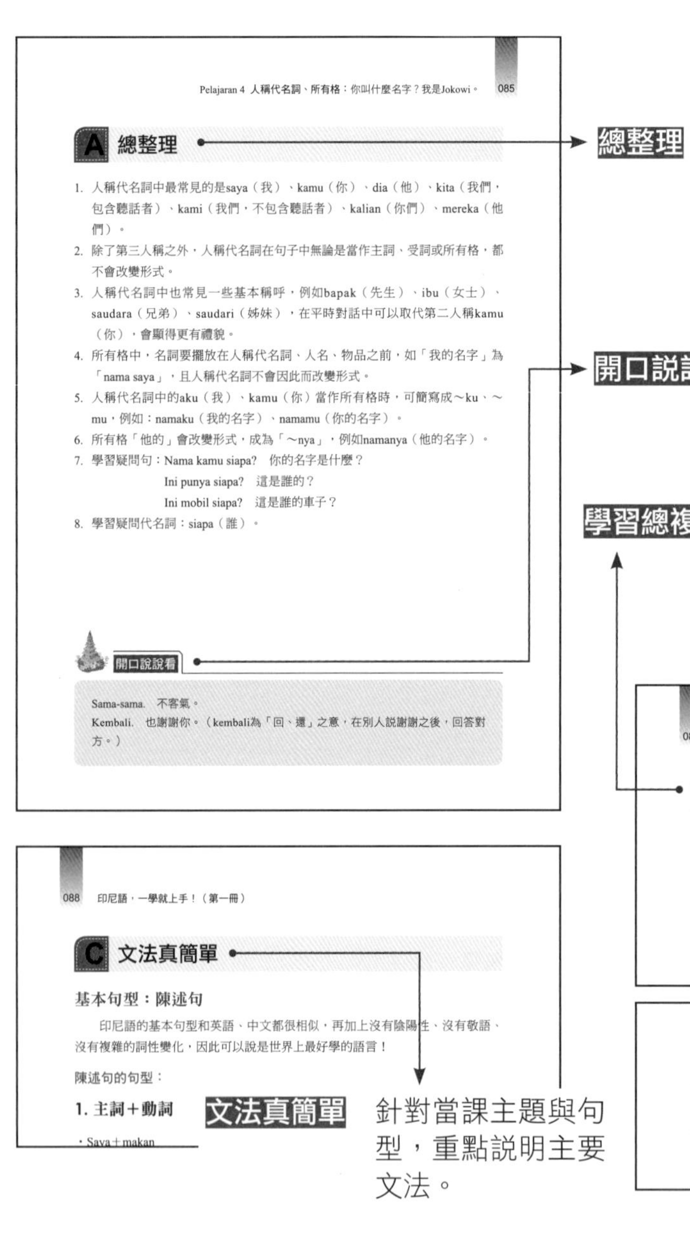
Pelajaran 4 人稱代名詞、所有格：你叫什麼名字？我是Jokowi。 085

A 總整理

1. 人稱代名詞中最常見的是saya（我）、kamu（你）、dia（他）、kita（我們，包含聽話者）、kami（我們，不包含聽話者）、kalian（你們）、mereka（他們）。
2. 除了第三人稱之外，人稱代名詞在句子中無論是當作主詞、受詞或所有格，都不會改變形式。
3. 人稱代名詞中也常見一些基本稱呼，例如bapak（先生）、ibu（女士）、saudara（兄弟）、saudari（姊妹），在平時對話中可以取代第二人稱kamu（你），會顯得更有禮貌。
4. 所有格中，名詞要擺放在人稱代名詞、人名、物品之前，如「我的名字」為「nama saya」，且人稱代名詞不會因此而改變形式。
5. 人稱代名詞中的aku（我）、kamu（你）當作所有格時，可簡寫成～ku、～mu，例如：namaku（我的名字）、namamu（你的名字）。
6. 所有格「他的」會改變形式，成為「～nya」，例如namanya（他的名字）。
7. 學習疑問句：Nama kamu siapa?　你的名字是什麼？
   Ini punya siapa?　這是誰的？
   Ini mobil siapa?　這是誰的車子？
8. 學習疑問代名詞：siapa（誰）。

開口說說看

Sama-sama.　不客氣。
Kembali.　也謝謝你。（kembali為「回、還」之意，在別人說謝謝之後，回答對方。）

088 印尼語，一學就上手！（第一冊）

C 文法真簡單

基本句型：陳述句

印尼語的基本句型和英語、中文都很相似，再加上沒有陰陽性、沒有敬語、沒有複雜的詞性變化，因此可以說是世界上最好學的語言！

陳述句的句型：

1. 主詞＋動詞

・Saya＋makan

總整理　每課最後都有當課的總整理，可讓學習者再次複習每課的學習內容。

開口說說看　學習者可以迅速累積常用生活句子，並隨時反覆練習。

學習總複習　每一課皆有學習總複習，此總複習搭配課程，幫助學習者融會貫通課程內容，了解自我學習成效，日積月累下，實力已經養成！

086 印尼語，一學就上手！（第一冊）

B 學習總複習

請將下列對話翻譯成印尼語。

1. 你的名字是什麼？　我的名字是Suharto。
2. 先生（您）的名字是什麼？　我的名字是Jokowi。
3. 他的名字是什麼？　他的名字是Jokowi。

文法真簡單　針對當課主題與句型，重點說明主要文法。

你說，我聽

Kamu bilang apa?　你說什麼？
Ngomong-ngomong aja.　說說而已。
Aku tidak bilang apa-apa.　我沒說什麼。

你說，我聽　除了正式用法，也另外說明印尼語的日常口語用法，讓學習者講得更道地。

你說什麼呀！？　以最常用的印尼語日常口語為主，讓學習者掌握道地口語。

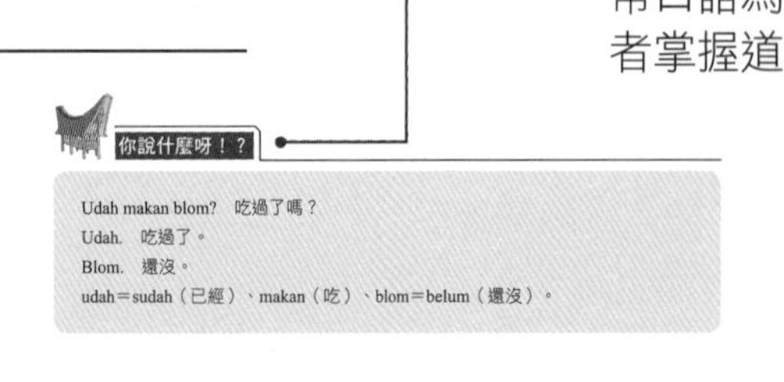
你說什麼呀！？

Udah makan blom?　吃過了嗎？
Udah.　吃過了。
Blom.　還沒。
udah＝sudah（已經）、makan（吃）、blom＝belum（還沒）。

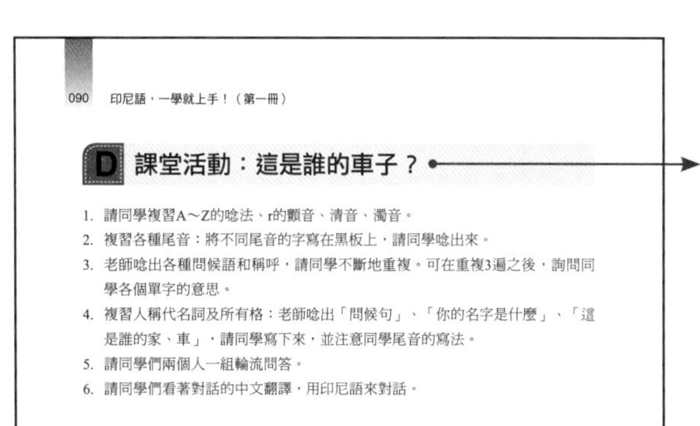

090 印尼語，一學就上手！（第一冊）

D 課堂活動：這是誰的車子？

1. 請同學複習A～Z的唸法、r的顫音、清音、濁音。
2. 複習各種尾音：將不同尾音的字寫在黑板上，請同學唸出來。
3. 老師唸出各種問候語和稱呼，請同學不斷地重複。可在重複3遍之後，詢問同學各個單字的意思。
4. 複習人稱代名詞及所有格：老師唸出「問候句」、「你的名字是什麼」、「這是誰的家、車」，請同學寫下來，並注意同學尾音的寫法。
5. 請同學們兩個人一組輪流問答。
6. 請同學們看著對話的中文翻譯，用印尼語來對話。

課堂活動 除了讀和寫之外，利用課堂活動加強聽、說練習，活潑有趣的活動更能帶動學習的興趣。

不可不知的印知識 除了學會聽、說、讀、寫印尼語之外，也要認識印尼文化。每課均有「不可不知的印知識」、印尼歌曲「好歌大家聽」以及有趣好玩的「你知道嗎？」，讓學習者能更深入了解印尼。

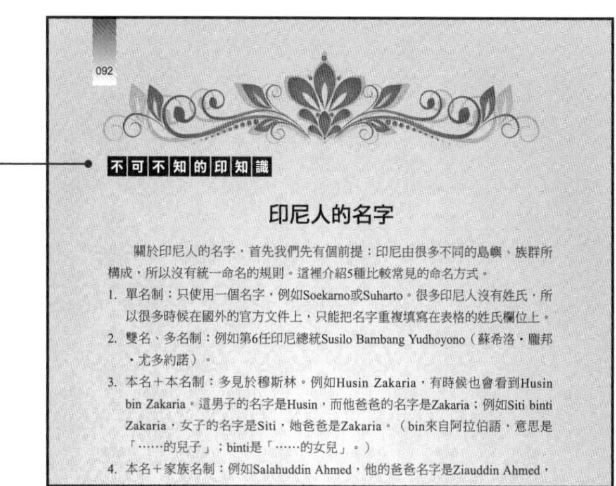

092

不可不知的印知識

印尼人的名字

關於印尼人的名字，首先我們先有個前提：印尼由很多不同的島嶼、族群所構成，所以沒有統一命名的規則。這裡介紹5種比較常見的命名方式。

1. 單名制：只使用一個名字，例如Soekarno或Suharto。很多印尼人沒有姓氏，所以很多時候在國外的官方文件上，只能把名字重複填寫在表格的姓氏欄位上。
2. 雙名、多名制：例如第6任印尼總統Susilo Bambang Yudhoyono（蘇希洛・龐邦・尤多約諾）。
3. 本名＋本名制：多見於穆斯林。例如Husin Zakaria，有時候也會看到Husin bin Zakaria。這男子的名字是Husin，而他爸爸的名字是Zakaria；例如Siti binti Zakaria，女子的名字是Siti，她爸爸是Zakaria。（bin來自阿拉伯語，意思是「……的兒子」；binti是「……的女兒」。）
4. 本名＋家族名制：例如Salahuddin Ahmed，他的爸爸名字是Ziauddin Ahmed，

PART 3 附錄

系統整理印尼語介係詞、疑問代名詞、連接詞、副詞、動詞、以及形容詞，不但可當作學習輔助，也能當作重點複習。此外，並附上全書所有練習題的解答，讓學習者可以精確掌握自己的學習效果。

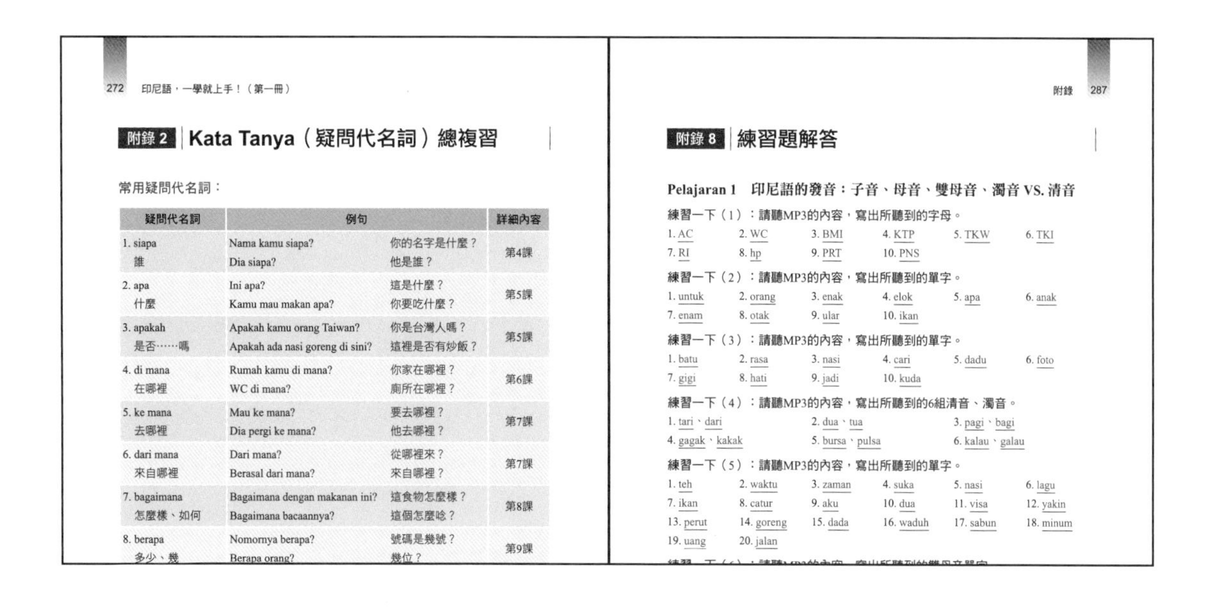

272 印尼語，一學就上手！（第一冊）

附錄2 Kata Tanya（疑問代名詞）總複習

常用疑問代名詞：

疑問代名詞	例句		詳細內容
1. siapa 誰	Nama kamu siapa? Dia siapa?	你的名字是什麼？ 他是誰？	第4課
2. apa 什麼	Ini apa? Kamu mau makan apa?	這是什麼？ 你要吃什麼？	第5課
3. apakah 是否……嗎	Apakah kamu orang Taiwan? Apakah ada nasi goreng di sini?	你是台灣人嗎？ 這裡是否有炒飯？	第5課
4. di mana 在哪裡	Rumah kamu di mana? WC di mana?	你家在哪裡？ 廁所在哪裡？	第6課
5. ke mana 去哪裡	Mau ke mana? Dia pergi ke mana?	要去哪裡？ 他去哪裡？	第7課
6. dari mana 來自哪裡	Dari mana? Berasal dari mana?	從哪裡來？ 來自哪裡？	第7課
7. bagaimana 怎麼樣、如何	Bagaimana dengan makanan ini? Bagaimana bacaannya?	這食物怎麼樣？ 這個怎麼唸？	第8課
8. berapa 多少、幾	Nomornya berapa? Berapa orang?	號碼是幾號？ 幾位？	第9課

附錄 287

附錄8 練習題解答

Pelajaran 1 印尼語的發音：子音、母音、雙母音、濁音 VS. 清音

練習一下（1）：請聽MP3的內容，寫出所聽到的字母。
1. AC 2. WC 3. BMI 4. KTP 5. TKW 6. TKI
7. RI 8. hp 9. PRT 10. PNS

練習一下（2）：請聽MP3的內容，寫出所聽到的單字。
1. untuk 2. orang 3. enak 4. elok 5. apa 6. anak
7. enam 8. otak 9. ular 10. ikan

練習一下（3）：請聽MP3的內容，寫出所聽到的單字。
1. batu 2. rasa 3. nasi 4. cari 5. dadu 6. foto
7. gigi 8. hati 9. jadi 10. kuda

練習一下（4）：請聽MP3的內容，寫出所聽到的6組清音、濁音。
1. tari、dari 2. dua、tua 3. pagi、bagi
4. gagak、kakak 5. bursa、pulsa 6. kalau、galau

練習一下（5）：請聽MP3的內容，寫出所聽到的單字。
1. teh 2. waktu 3. zaman 4. suka 5. nasi 6. lagu
7. ikan 8. catur 9. aku 10. dua 11. visa 12. yakin
13. perut 14. goreng 15. dada 16. waduh 17. sabun 18. minum
19. uang 20. jalan

目次

正課

如何掃描 QR Code 下載音檔

1. 以手機內建的相機或是掃描 QR Code 的 App 掃描封面的 QR Code。
2. 點選「雲端硬碟」的連結之後，進入音檔清單畫面，接著點選畫面右上角的「三個點」。
3. 點選「新增至「已加星號」專區」一欄，星星即會變成黃色或黑色，代表加入成功。
4. 開啟電腦，打開您的「雲端硬碟」網頁，點選左側欄位的「已加星號」。
5. 選擇該音檔資料夾，點滑鼠右鍵，選擇「下載」，即可將音檔存入電腦。

Pelajaran 1

印尼語的發音：

子音、單母音、雙母音、濁音 VS. 清音

學習重點

1. 學習印尼語26個字母的唸法。
2. 學習印尼語21個單子音、5個單母音的唸法。
3. 學習印尼語的4個雙母音。
4. 分辨清音和濁音（B / P、D / T、G / K）。

生活智慧

Pahit dulu, manis kemudian.

先苦後甘。

一 印尼語的字母與發音 MP3-001

1. 印尼語的字母與發音

印尼語是由羅馬字母所組成的拼音文字，與英語一樣，共有26個字母，並分為大小寫，只是字母的唸法不同於英語，與歐陸語的唸法比較接近。

印尼語的字母唸法

字母		字母唸法	字母		字母唸法
大寫	小寫		大寫	小寫	
A	a	[ɑ:]	N	n	[ɛn]
B	b	[bɛ:]	O	o	[ɔ:]
C	c	[tsɛ:]	P	p	[pɛ:]
D	d	[dɛ:]	Q	q	[ki:]
E	e	[ɛ:]	R	r	[ɛʀ]
F	f	[ɛf]	S	s	[ɛs]
G	g	[gɛ:]	T	t	[tɛ:]
H	h	[hɑ:]	U	u	[u:]
I	i	[i:]	V	v	[fɛ:]
J	j	[ʤ]	W	w	[wɛ:]
K	k	[kɑ:]	X	x	[ɛks]
L	l	[ɛl]	Y	y	[yɛ:]
M	m	[ɛm]	Z	z	[zɛt]

小提醒

雖然印尼語字母裡面有Q和X，但印尼語沒有Q和X的單字，除非是外來文字。例如Qur’an（古蘭經）、Xenon（氙）等。

2. 印尼語的名詞縮寫

印尼語中習慣將一些名詞進行縮寫，以便更快速地傳達意義。因此，熟記字母的唸法很重要喔，可以讓你馬上對應一些專有名詞。例如：

TKI Tenaga Kerja Indonesia	印尼勞工	RI Republik Indonesia	印尼共和國
TKW Tenaga Kerja Wanita	女性勞工	PRT Pembantu Rumah Tangga	家庭幫傭
PNS Pegawai Negeri Sipil	公務員	AC *Air Conditioner*（英語）	冷氣
KTP Kartu Tanda Penduduk	身分證	WC *Water Closet*（英語）	廁所
BMI Buruh Migran Indonesia	印尼勞工	hp *Handphone*（英語）	手機

練習一下 1 請聽MP3的內容，寫出所聽到的字母。

1. ________　2. ________　3. ________

4. ________　5. ________　6. ________

7. ________　8. ________　9. ________

10. ________

認識印尼語的單母音 MP3-002

印尼語單母音有5個，即a、e、i、o、u，寫法與英語一樣。但是在發音的部分則有6個，其中e有2個發音。

印尼語的母音唸法

	母音	母音的唸法	單字例
1	a	[ɑ] 發音類似注音符號「ㄚ」，嘴巴張大，尾音稍微拉長，是短母音。	anak 孩子 apa 什麼
2	e	[ə] 發音類似注音符號「ㄜ」，發音短促，嘴巴半開，是短母音。	enam 六 emas 金
	e	[ɛ] 發音類似注音符號「ㄟ」，發音短促，嘴巴半開，是短母音。	elok 好、美 enak 美味、好
3	i	[i] 發音類似注音符號「ㄧ」，尾音拉長，是長母音。 [ɪ] 發音類似台語「初一」，取「一」音，是短母音。	ikan 魚 sakit 病、痛
4	o	[ɔ] 發音類似注音符號「ㄛ」，嘴巴張大，是短母音。	otak 腦 orang 人
5	u	[u] 發音類似注音符號「ㄨ」，嘴巴嘟起來，尾音拉長，是長母音。	ular 蛇 untuk 為了

練習一下 2 請聽MP3的內容，寫出所聽到的單字。

1. ________ 2. ________ 3. ________ 4. ________ 5. ________

6. ________ 7. ________ 8. ________ 9. ________ 10. ________

小提醒

1. 母音「e」有2個發音：即「ㄜ」[ə]和「ㄟ」[ɛ]。由於書寫上都是統一用「e」，因此需要依靠字典和經驗，才能分辨用哪一個發音。
2. 母音「i」的發音以注音符號的「ㄧ」[i]為主，唯在遇到「t」或「k」等閉音節時，才會改變發音成類似台語的「一」[ɪ]，例如sakit。
3. 母音「u」在以「h」、「r」、「ng」、「k」作尾音時，會唸成「u」和「o」之間的音。例如：duduk（坐）、untuk（為了）、patung（雕像）等。

認識單子音和搭配單母音 MP3-003

印尼語的單子音和母音的唸法

母音 / 子音	a	e		i	o	u
	[ɑ]	[ə]	[ɛ]	[i]	[ɔ]	[u]
B b	Ba	Be	Be	Bi	Bo	Bu
C c	Ca	Ce	Ce	Ci	Co	Cu
D d	Da	De	De	Di	Do	Du
F f	Fa	Fe	Fe	Fi	Fo	Fu
G g	Ga	Ge	Ge	Gi	Go	Gu
H h	Ha	He	He	Hi	Ho	Hu
J j	Ja	Je	Je	Ji	Jo	Ju
K k	Ka	Ke	Ke	Ki	Ko	Ku
L l	La	Le	Le	Li	Lo	Lu
M m	Ma	Me	Me	Mi	Mo	Mu
N n	Na	Ne	Ne	Ni	No	Nu
P p	Pa	Pe	Pe	Pi	Po	Pu
Q q	Qa	-	-	Qi	-	Qu
R r	Ra	Re	Re	Ri	Ro	Ru
S s	Sa	Se	Se	Si	So	Su
T t	Ta	Te	Te	Ti	To	Tu
Vv	Va	Ve	Ve	Vi	Vo	Vu
W w	Wa	We	We	Wi	Wo	Wu
X x	-	-	Xe	Xi	-	-
Y y	Ya	-	Ye	Yi	Yo	Yu
Z z	Za	-	Ze	Zi	Zo	Zu

練習一下 ❸ 請聽MP3的內容，寫出所聽到的單字。

1. ________ 2. ________ 3. ________ 4. ________ 5. ________

6. ________ 7. ________ 8. ________ 9. ________ 10. ________

分辨印尼語的濁音與清音 B / P、D / T、G / K

清音P、T、K，發音重點在唇部；而濁音B、D、G，發音重點在喉嚨。

濁音	清音	濁音	清音	濁音	清音
ba	pa	da	ta	ga	ka
be	pe	de	te	ge	ke
be	pe	de	te	ge	ke
bi	pi	di	ti	gi	ki
bo	po	do	to	go	ko
bu	pu	du	tu	gu	ku

清音的發音對於中文學習者來說，是比較容易的發音。而濁音的發音，相對比較困難，但是如果有閩南語的基礎，就可以慢慢感覺到濁音的發音方式。濁音的發音位置在喉嚨部，請盡量把聲音壓低，製造出濁音效果。

以下是清音和濁音的對照，可以更清楚了解清、濁音在單字上發音的差異。

濁音B	清音P
bagi　給、分配	pagi　早
bursa　交換、換匯	pulsa　脈衝、手機儲值
bapak　先生	

* ba的唸法類似台語的「肉」，而「pa」就直接對應中文的「巴」。

濁音D	清音T
dari　來自	tari　跳舞
dua　二	tua　老
data　資料	

濁音G	清音K
gagak 烏鴉	kakak 姊姊、哥哥
galau 煩惱、困惑	kalau 如果
kagak 不（口語）	

練習一下 ❹ 請聽MP3的內容，寫出所聽到的6組清音、濁音。

1. ＿＿＿＿＿、＿＿＿＿＿　2. ＿＿＿＿＿、＿＿＿＿＿

3. ＿＿＿＿＿、＿＿＿＿＿　4. ＿＿＿＿＿、＿＿＿＿＿

5. ＿＿＿＿＿、＿＿＿＿＿　6. ＿＿＿＿＿、＿＿＿＿＿

五 說說看 MP3-005

學習了印尼語的單子音和單母音，讓我們來學習一些單字吧！注意這些單字的發音，我們已經可以開始造一些簡單的句子囉！

印尼語單子音和單母音的練習

字母	單字例	字母	單字例
A a	aku 我 anak 孩子	B b	babi 豬 baju 衣服
C c	cari 找 catur 象棋	D d	dada 胸 dua 二
E e	enam 六 ekor 尾巴	F f	favorit 喜歡的 film 電影
G g	goreng 炒、炸 gembira 高興	H h	hati 心 hujan 下雨
I i	ikan 魚 ini 這	J j	jadi 成為、發生 jalan 路、走
K k	kamu 你 kaki 腳	L l	lagu 歌曲 lidah 舌頭
M m	minum 喝 makan 吃	N n	nasi 飯 nama 名字
O o	otak 腦 orang 人	P p	pakai 穿 perut 肚子

R r	rumah 屋子、家 roti 麵包	S s	suka 喜歡 sabun 肥皂
T t	teh 茶 teko 茶壺	U u	udang 蝦 uang 錢
V v	visa 簽證 vegetarian 素食者	W w	waduh 哇 waktu 時間
Y y	yakin 相信、有信心 ya 是、對	Z z	zaman 時代 zona 區

練習一下 5 請聽MP3的內容，寫出所聽到的單字。

1. ________ 2. ________ 3. ________ 4. ________

5. ________ 6. ________ 7. ________ 8. ________

9. ________ 10. ________ 11. ________ 12. ________

13. ________ 14. ________ 15. ________ 16. ________

17. ________ 18. ________ 19. ________ 20. ________

六 認識印尼語的雙母音 MP3-006

印尼語除了單母音，還有四個雙母音，即ai、au、oi、ei。雙母音的唸法是直接將兩個單母音連在一起發音。

印尼語的雙母音

雙母音	單字例		
ai	sampai 到達	pandai 聰明	santai 輕鬆
au	pulau 島嶼	saudagar 商人	harimau 老虎
oi	amboi 唉唷	sepoi 涼風徐徐	amoi 小妹妹
ei	geiser 噴泉	survei 調查	

小提醒

除了雙母音之外，印尼語有些單字會出現連續母音，例如第一個音節「bu」加上第二個音節「ah」，形成「buah」（果實、水果）這個單字，在發音的時候，要注意清楚地把兩個音節唸出來，即「bu.ah」，先唸「bu」，再唸「ah」。

練習一下 6 請聽MP3的內容，寫出所聽到的雙母音單字。

1. ＿＿＿＿＿＿　2. ＿＿＿＿＿＿　3. ＿＿＿＿＿＿

4. ＿＿＿＿＿＿　5. ＿＿＿＿＿＿　6. ＿＿＿＿＿＿

A 總整理

1. 印尼語書寫上使用羅馬字母。與英語一樣，字母共有26個，其中有21個子音、5個單母音。書寫上也與英語一樣有大小寫。
2. 這5個單母音分別是a、e、i、o、u。其中e有2個發音，分別是[ə]和[ɛ]。
3. 母音「e」有2個發音：即「ㄜ」[ə]和「ㄟ」[ɛ]。在書寫上一律使用「e」，唯在字典上會用「é」來表示唸法為[ɛ]。
4. 母音「i」的發音以注音符號的「一」[i]為主，唯在遇到「t」或「k」等閉音節時，則會改變發音成類似台語的「一」[ɪ]，例如sakit。
5. 母音「u」在以「h」、「r」、「ng」、「k」作尾音時，會唸成「u」和「o」之間的音。例如：duduk（坐）、untuk（為了）、patung（雕像）等。
6. 在子音的發音上，印尼語中的k、p、t都不送氣。r需要舌頭顫音。
7. 印尼語的子音分為濁音和清音：「D / T」、「G / K」、「B / P」。濁音的發音位置在喉部，清音的發音位置在唇和口腔內。
8. 印尼語除了5個單母音之外，也會由這5個單母音形成雙母音。唸法就是把2個單母音連在一起發音即可。

開口說說看

Apa kabar?
Apa kabarnya?
你好嗎？

B 學習總複習 MP3-007

請聽MP3的內容，並把所聽到的單字寫下來。

1. ________ 2. ________ 3. ________ 4. ________

5. ________ 6. ________ 7. ________ 8. ________

9. ________ 10. ________ 11. ________ 12. ________

13. ________ 14. ________ 15. ________ 16. ________

17. ________ 18. ________ 19. ________ 20. ________

印尼語加油站：

文法真簡單

印尼語中的大寫

印尼語採用羅馬字母拼音。如同英語一樣，在書寫上有大小寫的規範。在以下的狀況下須使用大寫：

1. 句子的第一個字。
   例如：Ini buku saya.　這是我的書。
2. 在對話中句子的第一個字。
   例如：Ibu berkata, "Saya mau ke pasar."　媽媽說：「我要去菜市場。」
3. 一般人名。
   例如：Dermawan　德瑪萬
   Susi　蘇西
4. 族群、國族、語言的名稱。
   例如：orang Indonesia　印尼人
   bahasa Arab　阿拉伯語
5. 人名之前的官位或職稱。
   例如：Professor Doktor Dermawan　德瑪萬醫生教授
   Gubernur DKI Jakarta Basuki Tjahaja Purnama　雅加達省長巴素吉
6. 與宗教、上帝或神相關的名詞。
   例如：Islam　伊斯蘭
   Hindu　興都教
   Allah　阿拉
7. 有爵位、頭銜的人名。
   例如：Mahaputra Mohamed Yamin　榮譽勛章瑪哈博特拉 莫哈默．雅敏

你說，我聽

Ada apa?　有什麼事嗎？

8. 年份、月份、日子、節日和歷史事件。

   例如：bulan Agustus　8月

   tahun Masehi　公元

   hari Senin　星期一

   Hari Natal　聖誕節

   Proklamasi Kemerdekaan　獨立宣言

9. 地理名稱。

   例如：Surabaya　泗水

   Danau Toba　多巴湖

10. 官方單位、文件等。

   例如：Universitas Gajah Mada (UGM)　加查馬達大學

11. 書名、報紙等。（惟介係詞例如di、ke、dari等不大寫）

   例如：Jawa Pos　《爪哇報》

   Laskar Pelangi　《彩虹戰隊小學》

12. 在對話中的親屬的人稱代名詞，例如Bapak、Ibu、Adik、Saudara等。

   例如：Susi bertanya kepada ayah, “ Kapan Bapak akan pulang?”

   蘇西問爸爸：「爸，你何時會回來？」

13. 爵位、職業、官位、頭銜等。

   例如：Ir. (Insinyur)　工程師

   S.H. (Sarjana Hukum)　法律學士

   Kol. (Kolonel)　上校

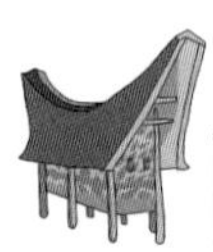

你說什麼呀！？

Capek deh!　有點煩耶！

capek是累的意思，deh是語助詞，類似「吧！」或是「耶！」當你被一個人弄得很煩的時候，覺得沒辦法應付時，也可以說capek deh～。

D 課堂活動：清音、濁音大挑戰

1. 把A～Z寫在黑板上，請學生大聲地唸出來。
   （1）順著唸。
   （2）倒著唸。
2. 請學生A任意唸一個字母，再請學生B說出來是哪一個字母。
3. 請學生練習舌頭顫音。
4. 請學生練習清、濁音。
5. 把清音、濁音的字母或單字寫上去，並寫上編號，再請學生C任意唸一個單字，接著請學生D指出來是哪一個單字。

例如：

範例1

1. ba	2. pa
3. da	4. ta
5. ga	6. ka

範例2

1. bagi	2. pagi
3. dari	4. tari
5. gagak	6. kakak

好歌大家聽
歌曲：ABCD Lagu Anak Indonesia
印尼兒童歌曲 ABCD

不可不知的印知識

豐富多元的印尼語

印尼語是印尼的官方語言，屬於馬來－玻里尼西亞語族（Malay-Polynesian）。印尼語在被定為印尼的官方語言之前，早在7世紀時，已經是在當地即馬來群島（Nusantara）所通用的語言，包括現在的馬來西亞半島、蘇門答臘、婆羅洲等地。印尼因曾經被荷蘭殖民，又與中國商人通商，再加上伊斯蘭的傳入等，因此這個語言融合了不同的文化和語言。

受到福建話影響的印尼語大部分跟飲食有關，例如：teh（茶）、teko（茶壺）、bihun（米粉）、mie（麵）、sabun（肥皂）、bakmie（肉燥麵）等。而更多字受到荷蘭語的影響，進而採用了這些單字，例如： kantor（*kantoor*；辦公室）、bensin（*benzine*；汽油）、antri（*in de rij*；排隊）、aula（*aula*；禮堂）、plafon（*plafond*；天花板）、bioskop（*bioscoop*；電影院）、handuk（*handdoek*；毛巾）、saklar（*schakelaar*；開關）等等。

此外，印尼語受到阿拉伯語的影響也很深，最明顯的是星期一到星期日的說法：Senin（星期一）、Selasa（星期二）、Rabu（星期三）等，另外還有：salam（問好）、wajib（必須）、ilmu（知識）、daftar（名單）等。

再加上印尼有300多個族群，在各地的印尼語會有不同的習慣用語和腔調，因此，學習印尼語可說是進入一個更豐富、更多元的世界！透過語言，可以穿越好幾個世紀，了解在該群島所發生的歷史喔！準備好接受挑戰了嗎？

你知道嗎？

在印尼你會看到很多用羅馬字母寫的印尼文字，但其實是中國方言的發音，猜猜看這些字是什麼意思：1. kue 2. bakpao 3. kwetiau 4. ca kwetiau

答案：1. 粿 2. 肉包 3. 粿條 4. 炒粿條

Pelajaran 2

印尼語的發音：

雙子音、相似子音（C / J、L / R、M / N、L / N）、尾音、外來字

學習重點

1. 學習印尼語4個主要的雙子音kh、ng、ny、sy。
2. 分辨相似子音（C / J、L / R、M / N、L / N）。
3. 學習印尼語的尾音，並分辨不同的尾音。
4. 學習ng為雙子音和尾音的發音。
5. 認識印尼語的外來字。
6. 學習文法：印尼語單字的結構與組成方式。

生活智慧

Sedikit demi sedikit,
lama-lama menjadi bukit.
積少成多、積沙成塔。

認識印尼語的雙子音kh、ng、ny、sy

印尼語的雙子音有4個，即kh、ng、ny、sy。這些雙子音組成的單字雖然不多，但是發音的方式和單子音不同，因此需要特別注意。

印尼語的雙子音

雙子音	雙子音的唸法	單字例	
kh	[k] 發音類似注音符號「ㄎ」和「ㄏ」之間，接近「ㄍ」的發音；在字尾發音較輕。	**kh**usus	特別
		khas	特殊
		khawatir	擔心
ng	[ŋ] 發音類似「ㄥ」的尾音，在鼻腔的共鳴位置比 [n] 高。	**ng**eri	可怕
		de**ng**an	跟
		de**ng**ar	聽
ny	[ɲ] 在鼻腔的共鳴位置。	**ny**amuk	蚊子
		nyo**ny**a	夫人
		ha**ny**a	僅
sy	[ʃ] 發音類似注音符號「ㄒㄩ」。	**sy**arat	條件
		syukur	感恩
		i**sy**arat	訊號

練習一下 1 請聽MP3的內容，把雙子音寫下來。

1. ________　2. ________　3. ________

4. ________　5. ________　6. ________

7. ________　8. ________　9. ________

10. ________

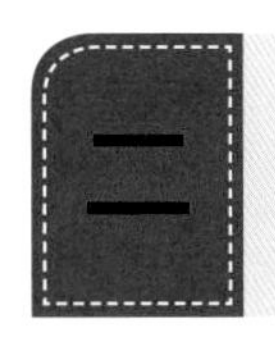

辨別印尼語的相似子音C / J、L / R、M / N、L / N

MP3-009

印尼語中，有些子音的發音相似。以下4組是比較容易混淆的子音發音，仔細聆聽，就能分辨兩者的差異。

1. C / J

C		J	
cari	找	jari	手指
cucu	孫子	jujur	誠實

* c的發音多一些唇齒音，而印尼語的j比較平鋪直敘，類似英語的j的發音。

2. L / R

L		R	
lupa	忘記	rupa	樣子
lusa	後天	rusa	鹿
tali	繩子	tari	跳舞

* la的發音舌頭躺平，類似注音「ㄌㄚ」，lu則類似「ㄌㄨ」。而r是顫音。

3. M / N

M		N	
mana	哪裡	nama	名字
mata	眼睛	nada	音調

* ma類似「ㄇㄚ」，na類似「ㄋㄚ」。

4. L / N

L		N	
lama	久	nama	名字
gula	糖	guna	用處
lada	胡椒	nada	音調

練習一下 2 請聽MP3的內容，把以下10組相似字寫下來。

1. ________、________　2. ________、________　3. ________、________

4. ________、________　5. ________、________　6. ________、________

7. ________、________　8. ________、________　9. ________、________

10. ________、________

三 認識印尼語的尾音

1. 閉音節尾音b、p、d、t、g、k、kh MP3-010

印尼語中，以字母b、p、d、t、g、k、kh為尾音時，基本上不發音，僅製造短音效果。一般而言，以清音p、t、k為閉音節的尾音，比較常見。而以濁音b、d、g和kh為閉音節的尾音，比較少見。

閉音節尾音b、p、d、t、g、k、kh的唸法

母音／尾音	a	e	i	o	u	單字例
～b	ab	eb	ib	ob	ub	Sabtu 星期六 sebab 原因
～p	ap	ep	ip	op	up	acap 常常 ungkap 說
～d	ad	ed	id	od	ud	wujud 出現 tadbir 行政
～t	at	et	it	ot	ut	adat 習俗 absolut 絕對
～g	ag	eg	ig	og	ug	rugbi 美式足球 analog 相同
～k	ak	ek	ik	ok	uk	kakak 兄姊 kakek 祖父
～kh	akh	ekh	ikh	okh	ukh	makhluk 生物 ikhtisar 總結

分辨一下：

沒有閉音節尾音		以～p為閉音節尾音		以～k為閉音節尾音		以～t為閉音節尾音	
ap**a**	什麼	le**pap**	下跌	ba**pak**	先生	sem**pat**	來得及
ma**ka**	就	ung**kap**	說	ka**kak**	兄姊	**ikat**	綁
bo**la**	球	**lap**	抹布	to**lak**	推	a**lat**	工具

以「p」為尾音時，須關閉雙唇製造閉音效果；以「k」為尾音時，要將舌根向上與上顎接觸，止住氣，製造短促音；以「t」為尾音時，則緊閉上下排牙齒，舌尖抵著門牙，製造短音效果。

練習一下 ❸ 請聽MP3的內容，寫出所聽到的單字，並分辨尾音的差異。

1. ＿＿＿＿＿、＿＿＿＿＿、＿＿＿＿＿、＿＿＿＿＿

2. ＿＿＿＿＿、＿＿＿＿＿、＿＿＿＿＿、＿＿＿＿＿

3. ＿＿＿＿＿、＿＿＿＿＿、＿＿＿＿＿、＿＿＿＿＿

2. 閉音節尾音h、f、s、l、r MP3-011

以字母h、f、s、l、r作為閉音節的尾音，基本上也不需要發音，但是會搭配送氣或不同的唇齒音而造成發音上的效果。例如：以「h」為尾音，需要送氣；以「f」、「s」為尾音，則會產生唇齒音；以「l」、「r」為尾音，以舌頭的動作來改變尾音。

閉音節尾音h、f、s、l、r的唸法

母音 / 尾音	a	e	i	o	u	單字例
～h	ah	eh	ih	oh	uh	rumah 屋子 roh 靈魂
～f	af	ef	if	of	uf	daftar 清單 aktif 活躍
～s	as	es	is	os	us	asas 基礎 manis 甜
～l	al	el	il	ol	ul	Allah 真主阿拉 ilmu 知識
～r	ar	er	ir	or	ur	ular 蛇 ukir 雕刻

分辨一下：

沒有閉音節尾音	以～h為閉音節尾音	以～f為閉音節尾音
la**ma** 久	ru**mah** 屋子	ma**af** 原諒
ma**na** 哪裡	ta**nah** 土地	**naf**su 慾望
ada 有	su**dah** 已經	**daf**tar 清單

印尼語沒有輕重音，沒有閉音節的字只要平鋪直敘唸出來就好；有閉音節的字，以「h」為尾音，則不發音，稍微送氣即可；而以「f」作為尾音，則在唇齒間送氣即可。

分辨一下：

沒有閉音節尾音		以～l為閉音節尾音		以～r為閉音節尾音	
tang**ga**	樓梯	tang**gal**	日期	lang**gar**	撞
ja**la**	網	ha**lal**	清真	u**lar**	蛇
so**to**	湯	bo**tol**	瓶子	ko**tor**	髒

以「l」為閉音節尾音，舌頭需要稍微往上捲；以「r」為閉音節尾音，則需要在舌頭尖端發出顫音。

練習一下 4 請聽MP3的內容，寫出所聽到的單字。

1. ____________、____________、____________

2. ____________、____________、____________

3. ____________、____________、____________

4. ____________、____________、____________

5. ____________、____________、____________

3. 閉音節m、n、ng MP3-012

以字母m、n、ng作為閉音節的尾音時，基本上也不需要發音。以字母「m」作為尾音時，發音的最後要將上下唇接觸關閉；以「n」作為尾音時，舌尖接觸上下排牙齒，稍微緊閉；以字母「ng」為尾音時，舌根往上與上顎接觸，從鼻孔送氣，發出鼻音。

閉音節尾音m、n、ng的唸法

母音 / 尾音	a	e	i	o	u	單字例
～m	am	em	im	om	um	demam 發燒 mimpi 夢
～n	an	en	in	on	un	paman 伯父 minta 請求
～ng	ang	eng	ing	ong	ung	ongkos 車費 ungkap 説

分辨一下：

沒有閉音節尾音	以～m為閉音節尾音	以～n為閉音節尾音	以～ng為閉音節尾音
ma**ka** 就	ma**kam** 墳墓	ma**kan** 吃	tu**kang** 工匠
na**ma** 名字	de**mam** 發燒	ta**man** 公園	me**mang** 的確
ja**la** 網	ma**lam** 晚上	bu**lan** 月	pu**lang** 回

再次提醒，以「m」為閉音節尾音時，發音完雙唇要緊閉；以「n」為閉音節尾音時，舌尖接觸上下排牙齒，雙唇稍微緊閉；以「ng」為閉音節尾音時，發出鼻音作為收尾。

練習一下 5 請聽MP3的內容，寫出所聽到的單字，並分辨尾音的差異。

1. ＿＿＿＿＿、＿＿＿＿＿、＿＿＿＿＿、＿＿＿＿＿

2. ＿＿＿＿＿、＿＿＿＿＿、＿＿＿＿＿、＿＿＿＿＿

3. ＿＿＿＿＿、＿＿＿＿＿、＿＿＿＿＿、＿＿＿＿＿

四 關於ng：作為雙子音和尾音時的發音 MP3-013

「ng」可說是在印尼語發音中的一大特色，也是初學者會覺得比較困難的部分。因此，準確發出這個鼻音可說是非常的重要喔！困難的原因，是因為漢語和英語沒有相對應的發音位置，所以對於以漢語和英語為母語的初學者來說，比較困難。「ng」為雙子音時，在發音時，舌根要與上顎接觸，讓氣流從鼻孔送出來，形成鼻音「nge」。而當作閉音節或尾音時，則發音類似注音符號的「ㄤ」、「ㄥ」，例如：ang「ㄤ」、eng「ㄥ」、ing「ㄧㄥ」、ong「ㄛㄥ」，ung類似「ㄨㄥ」。

ng的唸法

「ng」為雙子音時：ng～		「ng」為尾音時：～ng	
singa	獅子	singgah	停
bangun	起	bangga	自豪
langit	天空	langgar	撞
bunga	花	bungkus	包
tangan	手	tangga	樓梯

練習一下 6 請聽MP3的內容，寫出所聽到的單字。

1. ________　2. ________

3. ________　4. ________

5. ________　6. ________

7. ________　8. ________

9. ________　10. ________

五 印尼語的外來子音 MP3-014

印尼語在吸收外來字以後，按照原有形成單字的方式，將外來語融入印尼語中，有些會做出改變，有些則維持原狀。以下是一些因應外來字所改變的單字。

印尼語的外來語

雙子音	單字例		單字例	
bl	blender	攪拌器	blus	女性上衣
br	brosur	手冊	brutal	殘忍
dr	dramatis	戲劇性	drastis	劇烈
eks	eksotis	異國情調	ekspor	出口貿易
fl	fleksibel	彈性	refleksi	反應、反射
gl	globalisasi	全球化	glukosa	葡萄糖
gr	gratis	免費	grup	團體
kl	klik	按	klinik	診所
kr	kredit	信用貸款	kreativitas	創造力
pl	plafon	天花板	plester	傷口防護膜
pr	proses	過程	provinsi	省
ps	psikologi	心理學	psikis	心理的
sl	slogan	標語	slip	單子
sk	skor	得分	skandal	醜聞
sp	spesial	特別	spiritual	精神上的
st	studi	學習	stasiun	車站
str	struktur	結構	struk	中風
sw	swasta	私人	Swedia	瑞典
tr	transportasi	交通工具	transfer	傳送

練習一下 7 請聽MP3的內容，寫出所聽到的單字。

1. ____________ 2. ____________

3. ____________ 4. ____________

5. ____________ 6. ____________

7. ____________ 8. ____________

9. ____________ 10. ____________

A 總整理

1. 印尼語的雙子音有4個，分別是：sy、kh、ng、ny，其他的都是因應外來語而產生的雙子音。
2. 印尼語的相似子音有：C / J、L / R、M / N、L / N ，發音時要特別注意。
3. 子音為閉音節時，基本上是不發音的，只會造成短音（如p、t、k等）、送氣（如h、f等）、唇齒音（如s）、舌頭上捲音（如l）、舌頭顫音（如r）、閉音（如m、n）、鼻音（如ng）等效果。
4. 印尼語有其他多種形式的外來字轉換過來的雙子音，如：bl、pr、gr等。

開口說說看

Baik sekali.　很好。

Baik-baik saja.　都很好。

B 學習總複習 MP3-015

請聆聽MP3的單字，並寫下來，請特別注意尾音的差異。

1. ________ 2. ________ 3. ________ 4. ________

5. ________ 6. ________ 7. ________ 8. ________

9. ________ 10. ________ 11. ________ 12. ________

13. ________ 14. ________ 15. ________ 16. ________

17. ________ 18. ________ 19. ________ 20. ________

印尼語加油站：

老師，尾音分這麼多種，還是聽不出來啊！

不要急，慢慢來，習慣就會成自然！印尼人的講話速度很快，有時候尾音也不會講得很清楚，所以如果目前在發音上還不太能分辨清楚也沒關係，因為聽久了，再搭配認識的單字，很快就能掌握了喔！

你說，我聽

Kamu sedang apa?

Kamu lagi apa?

你在做什麼？

C 文法真簡單

印尼語的單字怎麼組成？

印尼語中詞彙增加的主要方式，分別是：單字（kata tunggal）、重複（kata ganda）、合併（kata majemuk）、及附加（kata berimbuhan）。

1. 單字（kata tunggal）

是最基本的形式，一般上以兩個到三個音節為主。單字是最基本的字，常用的單字經常有很多含意，會因使用的情境不同而轉變。例如：

單音節：pel（抹布）、cat（油漆）

兩個音節：aku（我）、saya（我）、kamu（你）、baik（好）、naik（上升、搭乘）、sayang（愛）

三個音節：belakang（後面）、jenazah（屍體）

四個音節：kabupaten（縣，二級行政區）、masyarakat（社會）

2. 重複形式（kata perulangan）

即重複單字，在印尼語中帶有複數、重複的動作等的意思。重複形式又分成全重複、半重複與改變形式等三種基本形式。例如：

（1）複數：jalan-jalan（逛逛；「jalan」走）、guru-guru（老師們；「guru」老師）

（2）半重複：tetangga（鄰居；「tangga」樓梯）

（3）改變形式：warna-warni（五顏六色；「warna」顏色）

3. 合併詞（kata majemuk）又稱為複合詞

是將2個（或以上）單字，多半連帶他們原來的意思，而創造成新的單字。合併詞或複合詞基本上也有2種形式，一種是2個單字仍是分開的，另一種則是直接連接。例如：

bagaimana　怎麼樣
像　哪裡

kapal terbang　飛機
船　飛

jalan raya　道路
路　大

kerja sama　合作
工作　一起

kereta api　火車
車　火

tanggung jawab　負責任
承擔　回答

小提醒

印尼語的動詞和名詞變化是文法的核心，在本系列第二冊有詳細的教學。目前先了解有這樣的文法形式存在即可，往後看到meN-、ber-或peN-就知道是文法的變化。

1. meN-的形式共有6種：me-、mem-、men-、meng-、meny-、menge-。
2. ber-的形式共有3種：ber-、be-、bel-。
3. peN-的形式與meN-一致，共有6種形式：pe-、pem-、pen-、peng-、peny-、penge-。

4. 附加（kata berimbuhan）

是透過前綴與後綴的方式，增加詞彙量，以及衍生成名詞或動詞。最常見的動詞前綴有meN-和ber-，動詞後綴有-i和-kan。最常見的名詞前綴有peN-an和ke-an等，名詞後綴有-an、-wan等。前後綴的功能在於改變詞性，將字根名詞化或動詞化。

例如A：bantu　幫忙
　　mem- 動詞前綴 ＋ bantu ＝ membantu　幫忙（動詞）
　　pem- 名詞前綴 ＋ bantu ＝ pembantu　助手（名詞）
　　-an 名詞後綴 ＋ bantu ＝ bantuan　幫忙（名詞）

例如B：ajar　教
　　meng- 動詞前綴 ＋ ajar ＝ mengajar　教（動詞）
　　bel- 動詞前綴 ＋ ajar ＝ belajar　學習（動詞）
　　pel- 名詞前綴 ＋ ajar ＝ pelajar　學生（名詞）
　　peng- 名詞前綴 ＋ ajar ＝ pengajar　教員（名詞）
　　-an 名詞後綴 ＋ ajar ＝ ajaran　教義、教條（名詞）
　　pel-an 名詞前後綴 ＋ ajar ＝ pelajaran　課程（名詞）
　　meng-kan 動詞前後綴 ＋ ajar ＝ mengajarkan　教導（及物動詞）

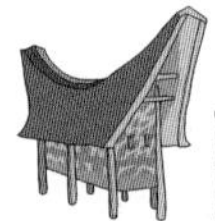

你說什麼呀！？

Bete nih gua!　心情不好咧！

Gue lagi bt nih!　我現在心情不好啦！

Bete / bt＝*Bad Temper*　心情不好。gue / gua / gw（我；口語）、nih＝ini（這；口語）。

課堂活動：我的美麗鼻音和顫音

1. 請學生默背出A～Z。
2. 老師唸出包含清、濁音的單字，讓學生寫出來。
3. 將r的相關字寫出來，請學生唸唸看。
4. 將ng當作雙子音和尾音的字寫在黑板上，請學生唸唸看。
5. 老師唸出C / J、L / R、M / N等的相似字，請學生寫下來。
6. 老師唸出不同的閉音節，讓學生寫下來。
7. 將不同的閉音節的字寫在黑板上，請學生唸出來：

1. bapak	2. bulan	3. pulang
4. orang	5. goreng	6. demam
7. taman	8. bangga	9. dengar
10. jujur	11. tengah	12. pergi
13. dengan	14. Sabtu	15. belajar
16. bekerja	17. makan	18. makam

好歌大家聽
歌手：d'Masiv
歌曲：Pergilah kasih

不可不知的印知識

Halal 清真食物

印尼有很多穆斯林，信奉伊斯蘭教。伊斯蘭教徒在食物、生活上等方面的戒律相當嚴格。例如，在食物上，就有Halal（清真食物）的規定。Halal一詞來自阿拉伯語，原意為「合法的」，在中文翻譯上就是「清真」，「清」指的是「清潔不染」；「真」是「真誠認主獨一」，一般指的是符合伊斯蘭教教條可食用的食物。但對穆斯林來說，Halal的意思，不僅是指可食之物，而是一套生活方式，其中包括言語、行為、衣著皆受約束。

古蘭經中明確提到的禁食是豬肉、酒、血、自死物（自己死掉的動物，魚類除外）等。所有肉類都必須是由穆斯林奉阿拉之名屠宰的才算是「清真」。穆斯林宰殺牲畜須先禱告，並以割斷喉管方式施行，然後放血。

所以在印尼、馬來西亞、汶萊等地的很多餐廳，沒有賣豬肉。而在進口到當地的食物中，也最好是有Halal的認證，才能有更大的市場。因此，如果有想要送禮，特別是食物給穆斯林的朋友，要記得確認那個食物是不是「清真」的喔，如果有Halal的認證就更棒啦！

Halal的認證圖示如下：

你知道嗎？

印尼語最長的單字是哪一個字呢？當然是要靠不斷地加上前後綴啊！

mempertanggungjawabkan　負起責任

你能夠找出字根嗎？

答案：memper + **tanggung jawab** + kan

Pelajaran 3

基本問候語與稱呼：

太太，早安。/ 先生，你好嗎？

學習重點

1. 學習基本問候語。
2. 學習基本稱呼，例如bapak（先生）、ibu（女士）。
3. 學習祝福語。
4. 學習文法上的基本句型：祈使句、疑問句。

生活智慧
Nasi sudah menjadi bubur.
生米煮成熟飯。

一 基本問候語

1. 見面、問候、感謝時怎麼說？ MP3-016

見面時：

見面時，印尼語一樣用「早安、午安、晚安」來問候，而且用的都是「selamat」這個字。selamat原意是「安全」、「健康」之意，也用作「祝福」！有時候簡單地直接說pagi（早）、siang（午）、sore（下午）、malam（晚上）也可以喔。

見面時的問候語

印尼語	中文	備註
selamat pagi	早安	pagi（早上）， 用於中午以前的問候。
selamat siang	午安	siang（中午）， 用於中午12點到下午2點多的問候。
selamat sore	下午安	sore（下午）， 用於下午3點到傍晚6、7點的問候。
selamat malam	晚安	malam（晚上）， 用於晚上7點以後的問候。
selamat tidur	祝你好眠	tidur（睡覺）， 用於睡前祝福的問候。
selamat datang	歡迎光臨	datang（來）， 用於歡迎、迎接客人時。

印尼語的祝福語大部分都以selamat當作開頭，只要在selamat後面加上任何時間或情境，就有表達「祝福你……」或「希望你……」之意。

例如：Selamat belajar!　學習愉快！

Selamat bekerja!　工作愉快！

Selamat menikmati!　享用愉快！

問候時：

印尼語除了早安、午安、晚安之外，也會用Apa kabar?（你好嗎？）來問候，這是最普遍的問候方式。當有人用Apa kabar?問候你時，此時除了回應Baik（好）之外，也會用Apa kabar?回問對方，以表示禮貌。在印尼社會，一般是已經認識的人會用這一句來互相問候。若是初次見面，則可以用前述的各種時段的問候語。

問候與回應

印尼語	中文	備註
Apa kabar?	你好嗎？	apa 什麼 kabar 消息
kabar baik baik sekali baik-baik saja	很好 好極了 滿好的	baik 好 sekali 非常、極了 saja 只、只是
lumayan	還不錯	lumayan 相當（好）
kurang baik	不太好	kurang 減、少

感謝時：

印尼人非常溫和有禮貌，無論是接收到別人的好意，或是請別人幫忙做事後，都不忘說一聲terima kasih（謝謝）。另外，印尼人喜歡長話短說，因此會刪掉一些音節，例如terima kasih變成makasih，sama-sama變成masama。

感謝時的說法

印尼語	中文	備註
terima kasih	謝謝	terima 接受 kasih 愛
sama-sama terima kasih kembali	不客氣	sama 一樣 kembali 回

2. 抱歉、告辭、閒聊時怎麼說？ MP3-017

抱歉時：

當要向印尼人問一件事或問路時，可以先說permisi（不好意思），再接其他問句。印尼語的permisi和英語的*excuse me*的意思一樣，所以當要請求借過時，也可以使用這個字。感覺抱歉時，可以說maaf（抱歉），Saya minta maaf.（請求原諒。）則比較正式。

抱歉時的說法

印尼語	中文	備註
permisi	不好意思	permisi　允許、請求、告辭
maaf	對不起、抱歉	maaf　原諒
tidak apa-apa	沒關係	tidak　不 apa　什麼
enggak apa-apa	沒關係（口語）	enggak　不（口語）

小提醒

enggak是「不」的口語說法，大部分印尼人在口說時都使用口語的「enggak」，更多的時候則簡寫成nggak、ngak、gak、ga……，所以有時候會看到ga apa2，就是enggak apa-apa的簡寫。apa2則是apa-apa的縮寫。

告辭時：

當要分開或在會議中需要先告辭時，可以說Saya permisi dulu.（我先告辭。）或Saya harus pergi dulu.（我需要先走。）如果是雙方見面要分別時，可以說selamat jalan，有「慢走、一路順風」之意。而selamat tinggal（請留步）則是比較傾向使用在要離開很長一段時間，或者客人向主人告辭時。至於我們常說的再見，可以使用sampai jumpa lagi，字面意思可以解釋為「到再見的時候」，也可以簡單地說成sampai jumpa。

告辭時的說法

印尼語	中文	備註	
Saya permisi dulu. Saya pamit dulu.	我先告辭。	saya permisi / pamit dulu	我 告辭 先
Saya harus pergi dulu.	我必須先走了。	harus pergi	必須 走
selamat jalan	慢走、一路平安	jalan	走、路
selamat tinggal	請多保重、祝你平安	tinggal	留、住
sampai jumpa sampai bertemu lagi	再見	sampai jumpa / bertemu lagi	到、到達 見 再
jaga diri jaga diri sendiri	保重	jaga diri sendiri	照顧 身體、自我 自己

小提醒

1. 如果是經常見面，也可以說sampai besok（明天見）。如果離開一陣子，可以說sampai nanti（待會兒見）。如果是相熟的朋友，一般用口語的dadah，類似「掰掰」。
2. 跟別人告別時，通常也會跟對方說「Hati-hati di jalan.」，意思是「路上小心」，或是「Hati-hati ya!」，意思是「（路上）小心喔！」。

閒聊時：

台灣人常見的問候方式是問對方「吃飽了沒？」如果在吃飯時間，我們也可以這樣問候印尼人，像是可以用Kamu sudah makan belum?（你吃過了嗎？）來問候對方。至於回應，如果吃過了，可以說Sudah.（已經吃過了。）如果還沒，就說Belum.（還沒。）

另外，如果要進入一個地方，想要請求許可，可以問Boleh saya masuk?（我可以進來嗎？）至於回應，你可以說Silakan masuk.（請進。）如果要請對方等一會兒，可以說tunggu sebentar（等一下）。

其他的招呼語

印尼語	中文	備註
Kamu sudah makan belum?	你吃過了沒？	kamu 你 sudah 已經 makan 吃
Ya, saya sudah makan.	是，我吃過了。	ya 是的
Belum, saya belum makan.	還沒，我還沒吃。	belum 還沒
Boleh saya masuk?	我可以進來嗎？	boleh 可以 masuk 進來
Ya, boleh, silakan masuk.	是，可以，請進。	silakan 請
Silakan duduk.	請坐。	duduk 坐
Tunggu sebentar.	請等一下。	tunggu 等 sebentar 一下、一會兒
Senang sekali bertemu dengan kamu.	很開心見到你。	senang 開心 dengan 跟
Semangat!	加油！	semangat 精神

練習一下 1 請將下列單字翻譯成中文。

1. pagi		2. siang	
3. sore		4. malam	
5. selamat		6. sudah	
7. makan		8. belum	
9. boleh		10. saya	
11. kamu		12. jalan	
13. tinggal		14. sampai	
15. jumpa		16. jaga	
17. diri		18. sendiri	
19. datang		20. permisi	
21. tidur		22. dulu	
23. enggak		24. masuk	
25. tunggu		26. silakan	
27. senang		28. sekali	
29. dengan		30. bertemu	

二 基本稱呼 MP3-018

在印尼語中沒有特別的敬語，因此稱呼可說是非常重要。因為適當的稱呼即可表達你的身分或敬意。一般在正式場合，會使用bapak（先生）和ibu（女士）來稱呼，簡單的稱呼則使用pak（先生）和bu（女士）。在非正式場合，可以使用mas或kakak來稱呼「哥哥」，用embak（mbak）來稱呼「姊姊」，只要是覺得對方比我們年長，就可以這樣稱呼。如果對方是小孩子，或是比我們年輕很多的人，則可以用adik（小弟或小妹）來稱呼。

印尼語的基本稱呼

印尼語	中文
Bapak（Pak）	先生
Ibu（Bu）	女士
Nyonya（Ny.）	夫人（娘惹；泛指結了婚的女士）
Nona	小姐
Mas / Kakak（Kak）	哥哥
Mbak / Kakak（Kak）	姊姊
Adik（Dik）	小弟、小妹

小提醒

1. bapak也是家庭稱謂中「爸爸」之意，而ibu也是家庭稱謂中「媽媽」之意。但是在印尼社會，往往引申為稱呼男性和女性長輩。
2. kakak也可以用來稱呼姊姊，簡單的稱呼方式就是kak。
3. 另外，稱呼小妹也可以用Amoi來稱呼，一般來說是指華人的小妹，但漸漸地也在華人聚居的地方例如棉蘭（Medan）和坤甸（Pontianak）被廣泛地使用。
4. 有時候可以使用om稱呼男性長輩，例如：見到朋友的爸爸，可以稱呼bapak，也可以稱呼om。

練習一下 ❷ 請在下列空格中寫上正確的稱呼和問候。

1. Ali早上見到Susanti太太，他應該要說：

2. Dermawan晚上在夜市要跟賣手機殼的年輕小姐買東西，他應該要說：

3. Dewi下午在公司見客戶林先生，他應該要說：

4. Suharto見到王女士來訪，他表達歡迎她，應該說：

5. Irianto請黃小姐坐下來，他可以說：

6. 餐廳裡，我請一個小妹幫我擦桌子，之後我可以跟她說：

7. 在夜市裡，我買完食物，賣炒飯的小妹跟我說再見，她可能會說：

8. 林太太打電話找客戶，接線小姐要轉接，請林太太等一下，她可能說：

9. 陳太太回家問家裡看護Ani吃過了沒，她可以問：

10. 向警察伯伯問路，你可以說：

三 印尼語的各種祝福語 MP3-019

1. 基本祝福語

印尼語中的祝福語也一樣用selamat，各式各樣的祝福語只要在selamat後面加上相關主題即可，例如selamat belajar（學習愉快）、selamat bekerja（工作愉快）、selamat menikmati（享用愉快）等。另外也會用semoga（希望），例如，semoga sukses（希望你成功）等。

印尼語的基本祝福語

印尼語	中文	備註
Selamat!	恭喜！	selamat 祝福、恭喜
Selamat ulang tahun.	生日快樂。	ulang 重覆
Semoga sukses.	希望（你）成功。	semoga 希望 sukses 成功
Semoga beruntung.	祝（你）好運。	beruntung 幸運
Selamat belajar.	學習愉快。	belajar 學習
Selamat bekerja.	工作愉快。	bekerja 工作
Selamat menikmati!	享用愉快！	menikmati 享用、享受
Semoga cepat sembuh.	祝你早日康復。	cepat 快 sembuh 復原
Selamat berlibur!	假日愉快！	berlibur 放假
Selamat akhir pekan!	週末愉快！	akhir 結束 pekan 週

小提醒

Selamat是「恭喜」之意，在口語上會習慣加上語氣詞，變成「Selamat, ya!」。

2. 節日祝福語

印尼因為是多元族群，所以會歡慶各種不同的節日，從傳統節日到各種國家紀念日都有！若在不同佳節時遇到印尼朋友，別忘了用以下的祝福語來祝賀他們囉！

印尼語	中文	備註	
Selamat Tahun Baru.	新年快樂。	tahun baru	年 新
Selamat Tahun Baru Imlek.	農曆新年快樂。	Imlek	農曆
Selamat Hari Capgome.	元宵節快樂。	Capgome	元宵
Selamat Hari Bacang.	端午節快樂。	Hari Bacang	端午節
Selamat Hari Raya.	佳節愉快。	hari raya	天、日子 大
Selamat Berpuasa.	齋戒愉快。	puasa	齋戒
Selamat Lebaran.	開齋節愉快。	Lebaran	開齋節
Selamat Idul Fitri.	開齋節愉快。	Idul Fitri	開齋節
Selamat Hari Raya Nyepi.	寧靜節愉快。	Hari Raya Nyepi	寧靜節
Selamat Hari Natal.	聖誕節快樂。	Hari Natal	聖誕節
Selamat Hari Raya Waisak.	浴佛節愉快。 衛塞節愉快。	Waisak	浴佛節（南傳佛教）
Selamat Hari Nasional.	國慶日愉快。	Hari Nasional	國慶日

1. 端午節的bacang有時候也會寫成bakcang。
2. 印尼的國慶日通常也被稱作「獨立紀念日」，即「Hari Ulang Tahun Kemerdekaan RI」。
3. 開齋節有兩個說法，一個是阿拉伯語的Idul Fitri，另一個是來自爪哇文的Lebaran。Lebar原本的意思是「結束、完結」之意，代表齋戒月結束，迎來開齋節。

基本問候語與稱呼的對話 MP3-020

1. 初次見面：

Irianto	:	Selamat pagi, Ibu Nisah.	早安，Nisah女士。
Nisah	:	Selamat pagi, Bapak Irianto.	早安，Irianto先生。
Irianto	:	Apa kabar, Bu Nisah?	你好嗎，Nisah女士？
Nisah	:	Kabar baik. Apa kabar, Pak Irianto?	我很好。你好嗎，Irianto先生？
Irianto	:	Baik sekali.	我很好。

2. 請求許可：

Irianto	:	Permisi, bu, boleh saya masuk?	不好意思，女士，我可以進來嗎？
Nisah	:	Ya, boleh, silakan masuk. Selamat datang.	是，可以，請進。歡迎光臨。
Irianto	:	Terima kasih.	謝謝。
Nisah	:	Sama-sama. Bapak Irianto sudah makan belum?	不客氣。Irianto先生，你吃過了嗎？
Irianto	:	Ya, saya sudah makan.	是，我吃過了。

3. 面談結束後：

Irianto	:	Saya permisi dulu.	我先告辭。
Nisah	:	Selamat jalan.	慢走。
Irianto	:	Jaga diri sendiri, Bu Nisah.	照顧自己，Nisah女士。
Nisah	:	Terima kasih, sampai jumpa lagi.	謝謝，再見。
Irianto	:	Selamat tinggal. Sampai bertemu lagi.	請留步。再見。
Nisah	:	Senang sekali bertemu dengan Bapak Irianto.	很開心見到你。

練習一下 ❸ 請將下列對話翻譯成印尼語。

1. 不好意思，我可以進來嗎？

   請進。

2. 先生，抱歉。

   小弟，沒關係。

3. 女士，你吃過了嗎？

   大哥，我吃過了。

4. 不好意思，先生，我要先走了。

   明天見，慢走。

5. 太太，歡迎光臨。

   先生，慢走。

A 總整理

1. 學習基本有關時間的問候語。例如selamat pagi（早安）、selamat siang（午安）等，也學習簡單的問候。
2. 學習問好的方式，以及回答的方式。
3. 學習說抱歉和感謝的方式。
4. 學習表達很開心見到對方的說法。
5. 學習印尼社會的基本稱呼，例如bapak（先生）和ibu（女士），以及mas（哥哥）、embak（姊姊）等。
6. 學習問候的對話，並熟悉問話與回答的方式。
7. 學習基本的祝福語怎麼說。

印尼語加油站：

老師，我每次寫selamat都寫成selama，忘記寫t。

這時候，寫作時尾音的k、h、t常常會莫名其妙不見，不過沒關係喔，多閱讀多看就會習慣了。同時，m、n、ng的尾音也容易搞混，多看幾次就會了解！

開口說說看

Terima kasih.　謝謝。

Terima kasih banyak.　非常謝謝。

Makasih.　謝啦。

B 學習總複習

請將下列對話翻譯成印尼語。

1. 先生，你好嗎？　　很好，謝謝。
2. 午安，你吃過了嗎？　　午安，我吃過了。
3. 女士，你好嗎？　　還好，你呢？
4. 姊，早安。　　早安，你好嗎？
5. 先生，早安。　　女士，早安。
6. 女士，你好嗎？　　滿好的。謝謝。

   你吃過了嗎？　　我吃過了，謝謝。

你說，我聽

Sudah belum?　好了沒？

Sudah.　好了。

Belum.　還沒。

C 文法真簡單

基本句型：祈使句、疑問句

1. 祈使句

印尼語的祈使句和英語及中文很相似。祈使句在印尼語也很常見，用來表示請求、命令、催促、勸告、禁止等等。一般會使用silakan（請）、tolong（拜託）、minta（請求）這些字。

祈使句的句型：

祈使單字＋動詞 （＋ 受詞）

・silakan＋masuk
  請　　進

・tolong＋berikan（＋saya air）
  請　　給　（＋ 我水）

2. 疑問句

印尼語的疑問句一樣使用疑問代名詞，例如：apa（什麼）、berapa（多少）。簡單的疑問句句型，疑問代名詞可以放在句子主詞的前面或後面；比較複雜的句型，則可將疑問語助詞「-kah」加在疑問代名詞之後，並放在句首。

小提醒

silakan和berikan都加上了動詞後綴-kan，因此字根是sila（請）、beri（給）。-kan在特定的情況下會加在動詞後面，用來強調祈使句。

疑問句的句型：

（1）主詞＋疑問代名詞

Itu＋apa?　那是什麼？

那　什麼

（2）疑問代名詞＋主詞

Apa＋itu?　那是什麼？

什麼　那

（3）疑問代名詞＋主詞＋動詞＋受詞

Kapan＋kamu＋makan＋nasi?　你何時吃了飯？

何時　你　吃　飯

（4）主詞＋動詞＋疑問代名詞

Kamu＋makan＋apa?　你吃了什麼？

你　吃　什麼

（5）疑問代名詞＋kah＋連接介係詞＋主詞＋動詞

Apakah＋yang＋kamu＋makan?　你吃了什麼？

什麼　連接介係詞　你　吃

小提醒

-kah是疑問詞後綴，當疑問代名詞放在句首時，可以加上-kah來強調疑問句，而當疑問代名詞放在句尾，則不可加上-kah，維持原形疑問詞即可。

例如：Apakah kamu orang Indonesia?　你是印尼人嗎？

疑問代名詞在句首，可加上-kah來強調疑問句。

Kamu makan apa?

疑問代名詞在句尾，不可加上-kah。

課堂活動：用問候語對話

1. 請學生默背A～Z。
2. 請學生練習舌頭顫音、ng、ny的雙子音的單字，例如dengan（跟）、dengar（聽）、nyanyi（唱）。
3. 老師唸出各種問候語，請學生複誦。記得語速要慢，各個音節要清楚。
   （1）同一句話重複3次，語速可以加快。
   （2）可在最後一句再唸出中文意思。
4. 用問候語跟學生對話。
5. 老師唸出問候語和稱呼，請學生寫下來。
   （1）請學生自己寫回答。
   （2）在學生寫回答的過程，同時隨機問不同的學生。
   （3）請學生交換校閱，或自行校閱。
6. 讓學生互相練習上述問候的對話。
7. 請同學們看著對話的中文翻譯，用印尼語來對話。

你說什麼呀！？

好歌大家聽
歌手：Armada
歌曲：Apa kabar, sayang

Nih mobil lue?　這是你的車？
Loe, lo, lu, lue, lw＝kamu（你），「你」口語的說法。
Nih＝ini（這）。Mobil＝車子。

不可不知的印知識

握手的禮節

在社交場合見到印尼朋友時，一般以握手，或揮揮手來打招呼，並搭配上述的問候語，例如selamat pagi（早安）、selamat siang（午安）等。比較簡單的方式，可以直接說pagi（早）、siang（午安）、malam（晚安），此時一邊問候，要一邊伸出右手。當然，展現微笑也是一定要的囉！

至於與熟人、朋友、長輩相遇時，傳統禮節是握完手之後，用右手按住左胸口，表示誠心、誠懇、謙卑之意。特別是遇到長輩時，在問候和握著手時，可以彎腰親吻對方的手，表達最高的敬意。在印尼的傳統社會，小孩子向家長或長輩請安時，會親吻他們的手，表示尊敬。

在印尼社會，使用左手是不禮貌的，所以應盡量避免用左手與別人握手。取食物或者遞東西時，都應使用右手。

另外，如果非不得已必須經過別人的面前，以致於擋住對方的視線時，印尼人會稍稍地彎腰經過，並伸出右手，像開路一樣，並快速通過。同時也應該說permisi（不好意思），才是有禮貌的方式。

你知道嗎？

在印尼，特別是雅加達，有一個字是你必學的，它不但是一個讓你身在其中痛苦萬分的字，卻也是雅加達人共同的話題，到底是什麼字這麼神奇？

答案：是macet（塞車）。下次遇到塞車可以說macet banget（很塞車）！

Pelajaran 4

人稱代名詞、所有格：

你叫什麼名字？我是Jokowi。

學習重點

1. 學習「我」、「你」、「他」、「我們」、「你們」、「他們」的說法。
2. 學習「我的……」、「你的……」、「他的……」的說法。
3. 學習「你的名字是什麼？」、「這是誰的？」、「這是誰的車子？」的問法。
4. 學習疑問代名詞siapa（誰）。
5. 學習文法上的基本句型：陳述句。

生活智慧

Menang jadi arang, kalah jadi abu.
無論贏或輸，都不見得是好事。

一 人稱代名詞 MP3-021

印尼語的簡單句型中，光是人稱代名詞就可以形成很多類型的句子，所以第一步，就先從人稱代名詞開始學起吧！不過，在對話中最重要的人稱代名詞，卻是在第3課教過的稱呼，那就是bapak（先生）和ibu（女士）。因此，在對話中，如果要表達「你」，最好用pak（先生）或bu（女士）來表達喔！

1. 人稱代名詞（單數）

印尼語單數人稱代名詞的說法

	印尼語	中文
第一人稱	saya	我（正式）
	aku（～ku）	我（口語）
	gue / gua / gw	我（口語）
第二人稱	kamu（～mu）	你（對平輩或晚輩）
	Anda	您（尊稱）
	saudara	你（男性、兄弟稱）
	saudari	妳（女性、姊妹稱）
	Bapak（Pak）	你（先生 / 男性尊稱）
	Ibu（Bu）	妳（女士 / 女性尊稱）
	engkau / kau	你（口語、用於關係緊密者）
	loe / lu	你（口語）
第三人稱	dia（～nya）	他 / 她
	ia	他 / 她
	beliau	他 / 她（尊稱）

2. 人稱代名詞（複數）

印尼語複數人稱代名詞的說法

	印尼語	中文
第一人稱	kita kami	我們大家（包含聽話者） 我們（不包含聽話者）
第二人稱	kalian Anda sekalian	你們 您們
第三人稱	mereka	他們（不限性別）

小提醒

1. 在公開場合要表達「各位先生女士」時，可以將saudara（兄弟）、saudari（姊妹）、bapak（先生）或ibu（女士）重複，就有複數的意思。例如saudara-saudara（先生們、各位兄弟）、saudari-saudari（女士們、各位姊妹）、bapak-bapak（先生們）、ibu-ibu（女士們）。
2. 「我」有很多種表達方式，最正式的是saya，建議在正式場合中使用。而最口語的是gue、gua等，比較適合用在和親近的朋友的溝通上。一般來說，也常會聽到aku。
3. 同樣的，「你」也有很多種表達方式，一般用人稱代名詞例如bapak、ibu等，口語上則用loe、lu等，比較適合用在平輩或親近的朋友。

3. 人稱代名詞的簡單句型

印尼語的簡單句型中，光是人稱代名詞就可以形成很多類型的句子。以下運用各類型簡單的陳述句，一一介紹人稱代名詞。

（1）主詞＋動詞

- Saya makan. 我吃。
- Kamu minum. 你喝。
- Dia tidur. 他（在）睡。

＊人稱代名詞位於主詞的位置。

（2）主詞＋動詞＋受詞

- Saya suka kamu. 我喜歡你。
- Dia suka mereka. 他喜歡他們。
- Saya cinta kalian. 我愛你們。

＊人稱代名詞即使位於受詞的位置，也不會變成其他形式。

（3）主詞＋動詞＋補語

- Saya adalah siswa. 我是學生。
- Dia adalah guru. 他是老師。
- Mereka adalah orang Taiwan. 他們是台灣人。

＊adalah＝是，經常被省略。

（4）主詞＋（副詞）＋形容詞

- Kamu sangat cantik. 你很美。
- Dia sangat ganteng. 他很帥。

＊sangat＝很，可省略。

小提醒

adalah（是）在印尼語的簡單句子中，通常會被省略。因此上述的例句中例如Saya adalah siswa.（我是學生。）在一般的情境下，adalah會被省略。除非是有強調的用意，例如：Saya adalah siswa tapi dia bukan.（我是學生但是他不是。）

重點生字！

makan	吃	suka	喜歡	siswa	學生
minum	喝	cinta	愛	guru	老師
tidur	睡	orang	人	ganteng	英俊
adalah	是	sangat	很	cantik	美

練習一下 1 請將下列各種包含人稱代名詞的句子翻譯成印尼語。

1. 我喜歡你。
2. 你不喜歡他。
3. 他喜歡我。
4. 我們是台灣人。
5. 他們愛台灣。
6. 我是學生。
7. 他是老師。
8. 你很美。

所有格：我的東西 MP3-022

印尼語的所有格很簡單，只要把人稱代名詞、人名或物品，放在名詞的後面即可。

名詞＋人稱代名詞 / 人名 / 物品

我們以幾個名詞為例：

- nama saya　我的名字
- baju kamu　你的衣服
- mobil beliau　他的車子
- kesehatan ayah　爸爸的健康
- paha ayam　雞腿
- kunci rumah　家的鑰匙
- pintu mobil　車子的門

1. 我的名字

印尼語的所有格

	印尼語	中文
第一人稱	nama saya	我的名字
	nama aku（namaku）	我的名字
	nama kami / kita	我們的名字
第二人稱	nama kamu（namamu）	你的名字
	nama Anda	您的名字
	nama kalian	你們的名字
第三人稱	nama dia → namanya	他 / 她的名字
	nama beliau	他 / 她（尊稱）的名字
	nama mereka	他們的名字

*「他的」比較不會用「～dia」，而是轉換成「～nya」，「他的名字」則變成「namanya」。

重要例句：

- Nama saya Jokowi.　我的名字（是）Jokowi。
- Nama kamu Susanti.　你的名字（是）Susanti。
- Namanya Nisah.　他的名字（是）Nisah。

2. 你的名字是什麼？

（1）Nama kamu siapa?　你的名字是什麼？
Nama saya Suharto.　我的名字是Suharto。

（2）Siapa nama kamu?　你的名字是什麼？
Namaku Megawati.　我的名字是Megawati。

（3）Nama Bapak siapa?　先生（您）的名字是什麼？
Namaku Jokowi.　我的名字是Jokowi。

（4）Nama Ibu siapa?　太太（您）的名字是什麼？
Nama gue Siti.　我的名字是Siti。

（5）Namanya siapa?　他的名字是什麼？
Namanya Jokowi.　他的名字是Jokowi。

小提醒

1. 在問句中，疑問代名詞siapa（誰）放在前面或是後面都可以，並沒有固定的形式，但口語習慣放在句尾。
2. 在名字的問句中，因為涉及到人物，所以一般會用siapa來問。如果是詢問某個東西的名字，就可以用apa（什麼）來問。
3. 如果是詢問長輩，則可以用bapak（先生）和ibu（女士）來取代kamu（你）。如上面例句：Nama Bapak siapa?

3. 所有格的簡單句型

所有格在陳述句中當成主詞、受詞、所有格等時，除了簡寫（～ku、～mu）之外，不會改變形式。唯一會改變形式的是第三人稱「他的」，要變成～nya。

（1）主詞＋動詞

- Teman saya sedang makan.　我的朋友在吃。
- Ibu saya sedang masak.　我的母親在煮。

* 所有格位於主詞的位置。

（2）主詞＋動詞＋受詞

- Ibu saya suka baju kamu.　我的媽媽喜歡你的衣服。
- Ayah saya suka makan paha ayam.　我的爸爸喜歡吃雞腿。
- Teman kerja saya suka mobil kamu.　我的同事喜歡你的車子。

* 人稱代名詞在所有格、主詞與受詞的位置時，也不會變成其他形式。

（3）主詞＋動詞＋補語

- Teman saya adalah siswa.　我的朋友是學生。
- Dia adalah guru saya.　他是我的老師。
- Teman sekolah saya adalah orang Indonesia.　我的同學是印尼人。
- Anak mereka adalah teman kerja saya.　他們的小孩是我的同事。
- Dia adalah pacar saya.　他是我的情人。

重點生字！

ayah	爸爸	teman kerja	同事	teman sekolah	同學
ibu	媽媽	rekan kantor	同事	teman kuliah	同學（大學）
anak	孩子	teman	朋友	teman baik	好朋友
pacar	情人	rekan	朋友	sedang	正在
paha	大腿	ayam	雞	baju	衣服

練習一下 ❷ 請將下列包含所有格的對話翻譯成印尼語。

1. 你的名字是什麼？ 我的名字是Jokowi.

2. 先生（您）的名字是什麼？ 我的名字是Jokowi.

3. 太太（您）的名字是什麼？ 我的名字是Siti。

4. 我的父親喜歡你的車子。

5. 他是我的情人。

6. 他是我的印尼語老師。

7. 我們是台灣人。

8. 我們的小孩是台灣人。

9. 我先走了！再見。

10. 早安，先生女士們。

小提醒

adalah（是）的詳細說明，詳見第72頁。本書中在例句中使用adalah（是），是作為印尼語初級課程中，以中文學習者的角度解釋該單字用法。在一般印尼語的情境中，簡單句子通常直接省略adalah。

三 關於認識所有格的簡寫 MP3-023

在所有格中，aku（我）、kamu（你）和dia（他）可以用簡寫的方式出現，變成～ku、～mu和～nya。一般來說，「他的」就會寫成「～nya」。

所有格的簡寫

我的	你的	他的
nama **aku**	nama **kamu**	nama **dia**
nama**ku**　我的名字	nama**mu**　你的名字	nama**nya**　他的名字
mobil **aku**	mobil **kamu**	mobil **dia**
mobil**ku**　我的車子	mobil**mu**　你的車子	mobil**nya**　他的車子

例句：

1. 這是誰的車子？

・Ini mobil siapa?　這是誰的車子？
Ini adalah mobil saya.　這是我的車子。
Ini mobilku.　這是我的車子。

2. 這是你的車子嗎？

・Ini mobil kamu?　這是你的車子嗎？
Ya, ini adalah mobil saya.　是，這是我的車子。
Ya, inilah mobil saya.　是，這是我的車子。（inilah＝ini adalah（這是））
Ya, ini mobilku.　是，這是我的車子。

3. 這是誰的？

・Ini punya siapa?　這是誰的？
Ini punya saya.　這是我的。
Ini punyaku.　這是我的。

4. 這台車是誰的？

- Mobil ini punya siapa? 這車是誰的？
  Mobil ini punya kamu. 這車是你的。
  Mobil ini punyamu. 這車是你的。

練習一下 3 請將下列對話翻譯成印尼語，並用所有格的簡寫來回答。

1. 這是誰的車子？ 這是我的車子。
2. 這是你的車子？ 是，這是我的車子。
3. 這房子是誰的？ 這房子是我爸爸的。
4. 那是誰的褲子？ 那是我的褲子。
5. 這衣服是誰的？ 這是我的。

小提醒

punya是「擁有」、「所有」的意思，所以當問句為Punya siapa?就是在問「誰的」。而回答punya saya，意思就是指「我的」。另外，如果說Saya punya anak.，意思就是「我擁有孩子。」

四 疑問代名詞siapa（誰）的綜合學習 MP3-024

疑問代名詞是一個語言裡面最重要的字，因為這是彼此溝通的第一步：用問話的方式來交流。鼓勵大家在陸續的課程中，只要學了新的內容，就可以用學過的疑問代名詞來跟印尼朋友聊天。

第一個介紹的疑問代名詞是siapa（誰），它的功能在於詢問名字或身分、表達是誰的，以及在陳述句中表示不清楚的對象。

1. 詢問「名字、身分」

・Nama kamu siapa? 你的名字是什麼？
・Ini siapa? 這是誰？

2. 搭配名詞之後，表達「是誰的」

・Anak siapa ini? 這是誰的小孩？
・Itu mobil siapa? 那是誰的車子？

另外，siapa也會在比較複雜的陳述句句型中出現，目前先參考即可，如下：

3. 在陳述句中表示「不清楚的對象」

・Siapa yang mau datang harus telepon dulu. （無論）誰要來，都應該先打電話。
・Siapa yang datang, silakan masuk saja. （無論）誰來，（都）請進吧。

* telepon是「電話」之意，又可指「打電話」。

練習一下 4 請將下列句子翻譯成印尼語。

1. 你的名字是什麼？
2. 這是誰？
3. 那是誰的房子？
4. 兄弟，你的名字是什麼？
5. 姊妹，你的名字是什麼？
6. 這是誰的？
7. 這車子是誰的？
8. 先生的名字是什麼？

五 所有格的對話 MP3-025

Irianto	:	Selamat sore.	午安（下午安）。
Susi	:	Selamat sore.	午安（下午安）。
Irianto	:	Boleh saya masuk?	我可以進來嗎？
Susi	:	Silakan masuk. Permisi, Pak. Nama Bapak siapa?	請進。不好意思，先生。您的名字是什麼？
Irianto	:	Nama saya Irianto. Nama Ibu siapa?	我的名字是Irianto。女士（您）的名字是什麼？
Susi	:	Nama saya Susi.	我的名字是Susi。
Irianto	:	Apa kabar, Ibu Susi?	Susi女士，你好嗎？
Susi	:	Kabar baik. Kamu?	很好。你呢？
Irianto	:	Saya juga baik.	我也很好。

Susi	:	Bapak sudah makan belum?	先生吃過了嗎？
Irianto	:	Saya sudah makan.	我已經吃過了。
Susi	:	Ini baju siapa?	這是誰的衣服？
Irianto	:	Ini baju saya.	這是我的衣服。
Susi	:	Itu mobil siapa?	那是誰的車子？
Irianto	:	Itu mobil teman saya.	那是我朋友的車子。
Susi	:	Terima kasih, Bapak Irianto.	謝謝，Irianto先生。
Irianto	:	Sama-sama. Senang sekali bertemu dengan Anda.	不客氣。很開心見到你。
Susi	:	Saya juga senang bertemu dengan Bapak.	我也很開心見到你。

* juga是「也」的意思。

六 所有格的閱讀練習：我的名字是Dermawan

MP3-026

Nama Saya Dermawan

Nama saya Dermawan. Saya pelajar SMA. Adik saya Erwiana. Dia pelajar SMP. Saya tinggal di Banda Aceh. Sekolah saya dekat dari rumah saya.

Ayah saya guru SD. Dia guru bahasa Indonesia. Namanya Suyono. Sekolah ayah tidak jauh dari rumah. Dia naik sepeda ke sekolah.

Ibu saya juga guru SD. Namanya Ariana. Dia guru bahasa Mandarin. Sekolah ibu jauh dari rumah. Pagi-pagi buta dia berangkat ke sekolah. Dia pergi dengan mobil.

Yantito teman baik saya di sekolah. Dia orang Taiwan. Dia suka makan paha ayam dan nasi goreng.

Guru bahasa Indonesia saya adalah Ibu Nisah. Dia orang Indonesia. Dia tinggal di Kota Banda Aceh.

重點生字！

pelajar 學生	naik 搭乘、上升	dekat dari 離……近
sepeda 腳踏車	jauh dari 離……遠	berangkat 出發
SD（Sekolah Dasar） 小學	SMP（Sekolah Menengah Pertama） 初中、國中	SMA（Sekolah Menengah Atas） 高中
bahasa Indonesia 印尼語	bahasa Mandarin 中文	pagi-pagi buta 很早

小提醒

buta的原意是「盲」，pagi-pagi buta延伸成「很早」的意思。

練習一下 5 請將「六、所有格的閱讀練習」翻譯成中文。

我的名字是Dermawan

總整理

1. 人稱代名詞中最常見的是saya（我）、kamu（你）、dia（他）、kita（我們，包含聽話者）、kami（我們，不包含聽話者）、kalian（你們）、mereka（他們）。
2. 除了第三人稱之外，人稱代名詞在句子中無論是當作主詞、受詞或所有格，都不會改變形式。
3. 人稱代名詞中也常見一些基本稱呼，例如bapak（先生）、ibu（女士）、saudara（兄弟）、saudari（姊妹），在平時對話中可以取代第二人稱kamu（你），會顯得更有禮貌。
4. 所有格中，名詞要擺放在人稱代名詞、人名、物品之前，如「我的名字」為「nama saya」，且人稱代名詞不會因此而改變形式。
5. 人稱代名詞中的aku（我）、kamu（你）當作所有格時，可簡寫成～ku、～mu，例如：namaku（我的名字）、namamu（你的名字）。
6. 所有格「他的」會改變形式，成為「～nya」，例如namanya（他的名字）。
7. 學習疑問句：Nama kamu siapa? 你的名字是什麼？
Ini punya siapa? 這是誰的？
Ini mobil siapa? 這是誰的車子？
8. 學習疑問代名詞：siapa（誰）。

開口說說看

Sama-sama. 不客氣。

Kembali. 也謝謝你。（kembali為「回、還」之意，在別人説謝謝之後，回答對方。）

B 學習總複習

請將下列對話翻譯成印尼語。

1. 你的名字是什麼？

我的名字是Suharto。

2. 先生（您）的名字是什麼？

我的名字是Jokowi。

3. 他的名字是什麼？

他的名字是Jokowi。

4. 這是誰的車子？

這是我們的車子。

5. 這是誰的？

這是我的。

6. 這是誰的家？

這是我的家。

7. 這是誰？

這是Ani，我的朋友。

8. 他是誰？

他是我的情人。

印尼語加油站

老師，直接問對方名字會不會太突兀啊？

不會喔，就像中文的「您貴姓？」一樣，Nama Bapak siapa?或Nama Ibu siapa?是很正常而且有禮貌的問句喔！下次遇到印尼朋友，可以試試看！

你說，我聽

Kamu bilang apa?　你說什麼？

Ngomong-ngomong aja.　說說而已。

Aku tidak bilang apa-apa.　我沒說什麼。

C 文法真簡單

基本句型：陳述句

印尼語的基本句型和英語、中文都很相似，再加上沒有陰陽性、沒有敬語、沒有複雜的詞性變化，因此可以說是世界上最好學的語言！

陳述句的句型：

1. 主詞＋動詞

・Saya＋makan
　我　　吃

・Dia＋tidur
　他　睡

・Kamu＋bangun
　你　　起床

2. 主詞＋動詞＋受詞

・Saya＋makan＋mi
　我　　吃　　麵

・Saya＋suka＋kamu
　我　喜歡　你

・Dia＋tidak suka＋mobil itu
　他　　不喜歡　　那車子

3. 主詞＋動詞＋補語

・Saya＋adalah＋siswa → Saya siswa.（adalah可省略）
　我　　是　　學生

・Dia＋adalah＋guru saya → Dia guru saya.（adalah可省略）
他　　是　　我的老師

・Dia＋bukan＋pacarku
他　　不是　我的情人

4. 主詞＋（副詞）＋形容詞

・Kamu＋sangat＋cantik
你　　很　　美

・Mobil kamu＋sangat＋cantik
你的車　　很　　美

・Rumah itu＋tidak besar
那房子　　不大

以上是幾個簡單的陳述句句型，這裡所使用的動詞都是原形動詞，即使不加任何的動詞前後綴，也可形成獨立的動詞，將意思完整表達出來。未來較複雜的句型，則慢慢會看到動詞前綴，例如：ber-、meN-等，將於後面章節詳述。

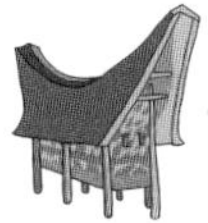

你說什麼呀！？

Udah makan blom?　吃過了嗎？

Udah.　吃過了。

Blom.　還沒。

udah＝sudah（已經）、makan（吃）、blom＝belum（還沒）。

D 課堂活動：這是誰的車子？

1. 請同學複習A～Z的唸法、r的顫音、清音、濁音。
2. 複習各種尾音：將不同尾音的字寫在黑板上，請同學唸出來。
3. 老師唸出各種問候語和稱呼，請同學不斷地重複。可在重複3遍之後，詢問同學各個單字的意思。
4. 複習人稱代名詞及所有格：老師唸出「問候句」、「你的名字是什麼」、「這是誰的家、車」，請同學寫下來，並注意同學尾音的寫法。
5. 請同學們兩個人一組輪流問答。
6. 請同學們看著對話的中文翻譯，用印尼語來對話。

好歌大家聽
歌手：Shila Amzah
歌曲：Aku Kau & Dia

歌手：Ainan Tasneem
歌曲：Aku suka dia

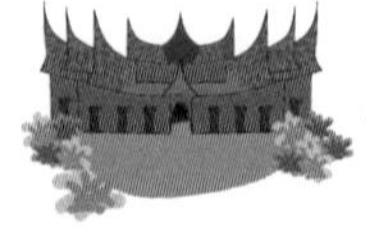

你知道嗎？

有一個地方，在印尼到處都看得到，出現的頻率幾乎和WC（廁所）一樣多，你能想到是什麼地方嗎？
答案就是Mushola或Musala（祈禱室），在車站、火車站、購物中心裡都會看得到，有時候會搭配星星和新月的標誌。祈禱室專門讓出門在外的穆斯林祈禱之用，因為是神聖的地方，所以不能隨便闖入喔！

好好玩：填字遊戲

請將下列的單字翻譯成印尼語，並填入正確的表格裡。

橫列

1. 喝
3. 還沒
8. 祝福
10. 好
11. 你
13. 我們（包含聽者）
15. 晚上
16. 美
18. 他 / 她
19. 家
20. 告辭
22. 什麼
23. 已經

直行

1. 車子
2. 喜歡
4. 進來
5. 來
6. 走
7. 早上
9. 謝謝
12. 先生
14. 女士
17. 誰
21. 吃

不可不知的印知識

印尼人的名字

關於印尼人的名字，首先我們先有個前提：印尼由很多不同的島嶼、族群所構成，所以沒有統一命名的規則。這裡介紹5種比較常見的命名方式。

1. 單名制：只使用一個名字，例如Soekarno或Suharto。很多印尼人沒有姓氏，所以很多時候在國外的官方文件上，只能把名字重複填寫在表格的姓氏欄位上。
2. 雙名、多名制：例如第6任印尼總統Susilo Bambang Yudhoyono（蘇希洛・龐邦・尤多約諾）。
3. 本名＋本名制：多見於穆斯林。例如Husin Zakaria，有時候也會看到Husin bin Zakaria。這男子的名字是Husin，而他爸爸的名字是Zakaria；例如Siti binti Zakaria，女子的名字是Siti，她爸爸是Zakaria。（bin來自阿拉伯語，意思是「……的兒子」；binti是「……的女兒」。）
4. 本名＋家族名制：例如Salahuddin Ahmed，他的爸爸名字是Ziauddin Ahmed，媽媽的名字是Zaheda Ahmed。實際上這也算是本名＋本名制的傳統，有時候會以祖父或家族的名字擺放在自己的名字的後面。
5. 印尼華人：印尼華人的命名不一致，有些人會採用「本名＋姓氏」或「本名＋本名」。現在也有很多人直接用中文名字的翻譯。

   例如：王加發，Ong Ka Huat，印尼名字是Ong Kaharuddin

   李文正，Li Boon Cheng，印尼名字是Mochtar Riady

因為構成名字的方式有很多種，所以最好的方式就是詢問對方習慣如何被稱呼。

例如：Nama Bapak siapa?和Nama Ibu siapa?

Pelajaran 5

指示詞、基礎名詞和形容詞：

這是什麼？這是很長的火車。

學習重點

1. 學習指示詞ini（這）、itu（那）。
2. 學習簡單物品、食物和飲料的說法。
3. 學習「這是什麼？」、「那是什麼？」的問法。
4. 學習複合名詞和基礎形容詞。
5. 學習連接名詞和形容詞的yang（的）。
6. 學習疑問代名詞apa（什麼）。

生活智慧

Ada rotan ada duri.

有利必有弊。

指示詞和基礎名詞：這是我的車子 MP3-027

印尼語中，經常會使用ini（這）和itu（那）來表達某個東西、某件事或某個人，是重要的指示詞。當ini（這）或itu（那）放在句子的前面時，就表示「這是」或「那是」的意思。

例如：

・Ini rumah. 這是房子。
Ini rumah saya. 這是我的房子。

・Itu mobil. 那是車子。
Itu mobil kamu. 那是你的車子。

而另一種常見的用法是把ini（這）或itu（那）放在名詞後面，表示「這個」或「那個」的意思。

例如：

・rumah ini
這房子
Rumah ini rumah saya.
這房子是我的房子。

・mobil itu
那車子
Mobil itu mobil kamu.
那車子是你的車子。

印尼語指示詞的用法與語順

指示詞	連接詞	名詞、代名詞、所有格、形容詞等
ini 這 itu 那	adalah 是	mobil saya 我的車子
mobil ini 這車子 mobil itu 那車子	adalah 是	mobil saya 我的車子
ini 這 itu 那	bukan 不是	rumah saya 我的家
rumah ini 這房子 rumah itu 那房子	bukan 不是	rumah saya 我的家

1. 這是什麼？

- Apa ini? 這是什麼？
- Ini apa? 這是什麼？

印尼語的指示詞1

adalah 是（可省略）		bukan 不是	
Ini adalah kucing.	這是貓。	Ini bukan kucing.	這不是貓。
Ini adalah anjing.	這是狗。	Ini bukan anjing.	這不是狗。
Ini buku saya.	這是我的書。	Ini bukan buku saya.	這不是我的書。
Ini baju kamu.	這是你的衣服。	Ini bukan baju kamu.	這不是你的衣服。
Ini sepatunya.	這是他的鞋子。	Ini bukan sepatunya.	這不是他的鞋子。

* adalah通常可以被省略。

* 在一般的句型中，否定詞tidak（不）＋形容詞 / 動詞。bukan（不是）＋名詞 / 代名詞。

2. 那是什麼？

- Apa itu? 那是什麼？
- Itu apa? 那是什麼？

印尼語的指示詞2

adalah 是（可省略）		bukan 不是	
Itu adalah kursi.	那是椅子。	Itu bukan kursi.	那不是椅子。
Itu adalah meja.	那是桌子。	Itu bukan meja.	那不是桌子。
Itu celana kamu.	那是你的褲子。	Itu bukan celana kamu.	那不是你的褲子。
Itu kereta api.	那是火車。	Itu bukan kereta api.	那不是火車。
Itu nasi goreng.	那是炒飯。	Itu bukan nasi goreng.	那不是炒飯。

重點生字！

mobil	車子	meja	桌子	kucing	貓
rumah	家、房子	kursi	椅子	anjing	狗
baju	衣服	kereta api	火車	sepatu	鞋子
celana	褲子	nasi goreng	炒飯	buku	書

3. 食物和飲料

學習過了Ini apa?（這是什麼？）之後，就可以在印尼問食物的名稱和點餐了！所以，趕快來學習各種食物的名稱吧！

例句：

（1）Ini apa? 這是什麼？
Ini gado-gado. 這是蔬菜沙拉。

（2）Mau pesan apa? 要點什麼？
Satu porsi nasi ayam. 一份雞飯。

（3）Mau minum apa? 要喝什麼？
Kopi. 咖啡。

印尼語常見食物說法

nasi goreng	炒飯	nasi ayam	雞飯	roti	麵包
mi goreng udang 蝦仁炒麵		mi bakso sapi	牛肉丸麵	pisang goreng	炸香蕉
bihun goreng	炒米粉	cap cay	炒時蔬	buah segar	新鮮水果
pecel bebek	鴨肉沙拉	pecel lele	鯰魚沙拉	gado-gado	蔬菜沙拉
pete（petai） bakar 烤臭豆		tahu goreng	炸豆腐	sate ayam	雞肉串
nasi kari	咖哩飯	ikan bakar	烤魚	tempe goreng	炸黃豆餅
kangkung balacan 辣炒空心菜		sup sayur asin	鹹菜湯	kue 糕點、蛋糕	

印尼語常見飲料說法

teh	茶	teh panas	熱茶	es teh	冰茶
kopi	咖啡	kopi panas	熱咖啡	es kopi	冰咖啡
aqua botol	瓶裝水	jus jeruk	柳橙汁	es kelapa muda	冰椰子水

練習一下 1 請將下列句子翻譯成印尼語。

1. 這是你的衣服。

2. 我的名字是Suharto。

3. 那不是我的車子。

4. 這書不是我的書。

5. 這是火車。

6. 我們喜歡那（隻）狗。

7. 他們喜歡你的鞋子。

8. 這不是爸爸的椅子。

二 複合名詞：火車 MP3-028

如同中文的「火車」是由「火」和「車」組成新的名詞，印尼語也有複合名詞。複合名詞有3種形式，分別是「名詞＋名詞」、「名詞＋動詞」、「名詞＋形容詞」的組合，例如kereta api（火車），由kereta（車）和api（火）組成。這些具有形容功能的名詞、動詞或形容詞等，一樣放在被形容的名詞的後面。

名詞＋名詞 / 動詞 / 形容詞

例如：

（1）名詞＋名詞

orang＋Taiwan → orang Taiwan
人　台灣 → 台灣人

nasi＋ayam → nasi ayam
飯　雞 → 雞飯

（2）名詞＋動詞

nasi＋goreng → nasi goreng
飯　炒 → 炒飯

mobil＋sewa → mobil sewa
車　租 → 租賃車

（3）名詞＋形容詞

orang＋tua → orang tua
人　老 → 老人、父母

celana＋panjang → celana panjang
褲子　長 → 長褲

印尼語常見複合名詞

常用物	「名詞＋名詞」、「名詞＋動詞」、「名詞＋形容詞」		
rumah 家	rumah kos 租屋處	rumah sakit 醫院	rumah makan 餐廳
baju 衣服	baju batik 蠟染衣	baju wanita 女裝	baju atasan 上衣
celana 褲子	celana panjang 長褲	celana pendek 短褲	celana dalam 內褲
tempat 地方	tempat duduk 座位	tempat tinggal 住家	tempat lahir 出生地

複合名詞例句：

- Itu apa? 那是什麼？
  Itu baju batik. 那是蠟染衣。

- Ini apa? 這是什麼？
  Ini celana panjang saya. 這是我的長褲。

練習一下 ❷ 請將下列單字組合成複合名詞。

nasi 飯	ayam 雞	goreng 炒、炸	makan 吃	pendek 短
mie 麵	rumah 家、房子	celana 褲子	panjang 長	rok 裙子

1. 炒飯

2. 餐廳

3. 炸雞

4. 短裙

5. 雞飯

6. 長褲

7. 雞（肉）麵

8. 長裙

認識形容詞的形式：富有的老人

MP3-029

從上一個複合詞的單元中，我們學會了3種複合名詞的形式。其中一種「名詞＋形容詞」可以加上yang（的）來連接。但是，只有一個形容詞時，yang通常被省略。

1.「名詞＋形容詞」的2種形式

例如：美麗的衣服

（1）名詞＋形容詞

baju＋cantik → baju cantik

衣服　美麗 → 美麗的衣服

（2）名詞＋yang＋形容詞

baju ＋yang＋ cantik → baju yang cantik

衣服　yang　美麗 → 美麗的衣服

（強調）

* 加上yang是用來強調形容詞。

2. yang當作強調的功能

當有2個以上的形容詞，yang（的）則用來強調某一個特定形容詞。我們用「富有的人」和「老人」來當作例子。

orang kaya　富有的人	orang tua　老人

例子1：富有的老人

名詞＋形容詞1＋yang＋形容詞2

orang＋tua＋yang＋kaya → orang tua yang kaya

人 老 的 富有 → 富有的老人

（強調）

例子2：老的有錢人

名詞＋形容詞1＋yang＋形容詞2

orang＋kaya＋yang＋tua → orang kaya yang tua

人 富有 的 老 → 老的有錢人

（強調）

例句：

- Ini apa? 這是什麼？
  Ini baju yang cantik. 這是美麗的衣服。
  Ini baju batik yang cantik. 這是美麗的蠟染衣。

- Itu apa? 那是什麼？
  Itu kereta api yang panjang. 那是長的火車。
  Itu rok yang pendek. 那是短裙。

- Ini apa? 這是什麼？
  Ini rumah saya yang besar. 這是我的大房子。
  Ini mobil kamu yang kecil. 這是你的小車。

- Itu siapa? 那是誰？
  Itu teman saya yang tampan. 那是我的帥朋友。
  Itu wanita yang cakap. 那是美麗的女子。

重點單字！

panjang	長	pendek	短
besar	大	kecil	小
kaya	富有	miskin	窮
tampan	帥	cakap	美、帥
cantik	美	jelek	醜
bersih	乾淨	kotor	骯髒
tua	老	muda	年輕

3. 關於yang的基本功能：

yang是印尼語中特殊的連接詞，可歸類為以下三種情境的用法。第一、二種情境是yang最基本的功能，也是本課的重點。第三種情境請參閱本書第二冊的內容，有更詳細的說明。

第一種情境：

名詞＋yang＋一個形容詞

* yang用來修飾名詞，yang可以被省略。

例如：

・Saya suka baju (yang) cantik. 我喜歡美麗的衣服。

第二種情境：

名詞＋yang＋兩個以上的形容詞

* 加上yang作為強調的功能，不能省略。

例如：

・Saya tinggal di rumah yang besar dan mewah. 我住在又大又豪華的房子裡。

第三種情境：

名詞＋yang＋形容詞或形容子句（描述性資訊）

* yang的功能如同英文的*which*、*that*，不能被省略。

例如：

・Pria yang bertopi itu pacar saya. 那位戴帽子的男子是我的情人。

練習一下 3 請將下列形容子句的句子翻譯成印尼語。

1. 那個人

2. 那個老人

3. 那個富有的人

4. 那個富有的老人

5. 那個老的有錢人

6. 長的火車

7. 大的醫院

8. 你的大房子

四 疑問代名詞apa（什麼）的綜合學習 MP3-030

疑問代名詞apa（什麼），可以說是最基礎的疑問代名詞。在疑問代名詞中，有「什麼」和「是否、……嗎」的意思。而在陳述句中，則代表不確定的事務。

1. 當作疑問代名詞：什麼

・Dia dipanggil apa? 他被稱做什麼？
・Kamu mau beli apa? 你要買什麼？

2. 當作疑問代名詞：是否、強調疑問句「……嗎？」

・Apa baju ini baju kamu? 這衣服是你的衣服嗎？
・Apakah kamu orang Taiwan? 你（是否）是台灣人嗎？

3. 在陳述句中，代表不確定的事務「什麼」、「……的」

・Apa yang saya suka itu kamu tidak suka. 我所喜歡的，你不喜歡。
・Apa saja. 什麼都好。

練習一下 ④ 請將以下有疑問代名詞的句子翻譯成印尼語。

1. 這是什麼？

2. 你喜歡吃什麼？

3. 你要什麼？

4. 你是否有小孩？

5. 你是否是一位大學生？

6. 這車子是否是你的？

7. 那是什麼？

8. 什麼都好。

五 有關形容詞的對話 MP3-031

Budiman	:	Selamat datang, Ibu.	太太，歡迎光臨。
Nisah	:	Sore, Pak. Apakah ada baju batik?	午安，先生。有蠟染衣嗎？
Budiman	:	Ya, adanya baju batik yang cantik.	有美麗的蠟染衣。
Nisah	:	Saya mau baju atasan wanita itu.	我要那件女裝上衣。
Budiman	:	Baju batik wanita ini cantik sekali.	這件女裝上衣漂亮極了。
Nisah	:	Saya juga mau beli celana.	我也要買褲子。
Budiman	:	Ini celananya. Mau apa lagi?	這是褲子。要買什麼嗎？
Nisah	:	Itu saja.	就那樣了。

Nisah	:	Saya beli celana panjang dan baju batik. Boleh kurang sedikit?	我買了長褲和蠟染衣。可以減（便宜）一點嗎？
Budiman	:	Sudah sangat murah lho.	已經很便宜了。
Nisah	:	Baiklah. Terima kasih, Pak.	好吧。謝謝你，先生。
Budiman	:	Silakan datang lagi lain kali, Bu.	請下次再來，太太。
Nisah	:	Sampai jumpa.	再見。
Budiman	:	Selamat jalan. Jaga diri.	慢走。保重。

* lho是語助詞，類似「啦、囉」。

* lain kali（下次）：lain（其他）、kali（次、次數）。

* kurang原意是「減、少、缺乏」等意，在本句是表達「便宜」的意思。

總整理

1. 指示詞ini（這）、itu（那）形成疑問句時，可用apa（什麼）來問，例如「ini apa?」或「apa ini?」。如果要問「誰的」，則一樣用「名詞＋siapa」，形成「誰的」。
2. 「名詞＋形容詞」的語順和「名詞＋所有格」的語順一樣，名詞在前，形容詞在後。
3. 連接名詞和形容詞的yang（的），可用在一般的「名詞＋形容詞」上，但也可省略。
4. yang是用來強調形容詞，特別是有2個形容詞的時候。
5. 疑問代名詞apa，有「什麼」、「是否」或「……嗎」的意思。

開口說說看

Maaf, saya terlambat.
對不起，我遲到了。

B 學習總複習

請將下列對話翻譯成印尼語。

1. 這是什麼？
   這是貓。
2. 這是你的貓嗎？
   這不是我的貓。
3. 那是什麼？
   那是桌子。
4. 這是什麼？
   這是大的車。
5. 那（間）小房子是誰的家？
   那（間）小房子是我的家。
6. 你是台灣人嗎？
   是的，我是台灣人。
7. 你要買什麼？
   我要買炒飯。
8. 這是誰的長褲？
   這是爸爸的長褲。
9. 我的蠟染衣很美麗。
10. 你們不是台灣人。

印尼語加油站：

老師，今天學的生字也太多了吧！

沒關係的，最主要的單字是ini、itu。只要再加上apa，你就所向無敵，見到人都可以問Ini apa?或Itu apa?這兩句了。

你說，我聽

Sebentar, ya. 等一下喔。

Jangan terburu-buru. 不要匆匆忙忙的。

文法真簡單

複合詞、所有格與形容詞

「名詞＋名詞」、「名詞＋動詞」、「名詞＋形容詞」等所組成的複合名詞，如果再加上所有格，則可以直接加上所有格，或用yang來連接。

例如：我的長褲

1. 直接加上所有格

「名詞＋形容詞」＋所有格（代名詞）

「celana＋panjang」＋saya → celana panjang saya

褲子 長 我（的）→ 我的長褲

2. 用yang來連接

「名詞＋所有格（代名詞）」＋yang＋形容詞

「celana saya」＋yang＋panjang

褲子 我 yang 長 → 我的長褲

* celana panjang saya和celana saya yang panjang都是指「我的長褲」，不過在語意上還是有些不同：celana panjang saya沒有強調panjang（長），只是做一般敘述，而celana saya yang panjang則強調了panjang（長）。相對來說，意思是：不是pendek（短的褲子）。

3. 使用yang的原則

何時應該加yang，何時不可加yang？建議可先掌握以下幾個原則：

（1）想要強調形容詞時，加yang。

（2）「名詞＋名詞」、「名詞＋動詞」形成的複合名詞不可加yang。

（3）所有格（代名詞）前不可加yang。

例如：

火車	kereta api（✓）	kereta yang api（×）	「名詞＋名詞」
炒飯	nasi goreng（✓）	nasi yang goreng（×）	「名詞＋動詞」
爸爸的衣服	baju bapak（✓）	baju yang bapak（×）	「名詞＋代名詞」（所有格）
長褲	celana panjang（✓）	celana yang panjang（✓）	「名詞＋形容詞」

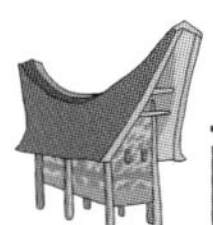

你說什麼呀！？

Nisah：Gue orang Taiwan.　我是台灣人。

Irianto：Masa?　真的嗎？

Bahasa Indo loe pinter.　你印尼語很好喔！

Loe jago bahasa Indo.　你很會（講）印尼語喔！

* masa（真的嗎；口語）、pinter → pintar（聰明、擅長）、jago（厲害）。

D 課堂活動：這是誰的家？

1. 老師唸出問候句、名字、這是什麼，請同學寫下來，同時也可以請同學用口語回答。
2. 老師重複唸「名詞＋形容詞」的單字，讓同學複誦。
3. 準備白紙和顏色筆，請同學畫上第4、5課的物品或人物，例如家、車子、貓、狗、朋友、爸爸、媽媽等。將畫有各種物品的圖片讓同學拿著，問他是什麼，並問是誰的，請同學回答。例如可以告訴同學：我喜歡你的衣服。接著讓同學們互相交換圖片。
4. 請同學們兩個人一組輪流問答。
5. 問同學喜歡吃什麼，並請同學回答。

好歌大家聽
歌手：Repvblik
歌曲：Sandiwara Cinta

你知道嗎？

印尼語也是南島語的其中一支，和台灣南島語族有很多單字很相近喔！所以如果有學習過其他南島語，就會覺得很有親切感！
從「家」的名稱，就可以發現很多有趣的地方。印尼語和馬來語稱rumah、阿美語稱roma或loma、東排灣語稱umaq、北排灣語稱uma'、布農語（卓群）稱lumaq、知本卑南語稱ruma'、撒奇萊雅語稱luma'，是不是感覺一家親呢！

不可不知的印知識

美麗絢爛的傳統房屋

在印尼的很多內陸地區或鄉鎮，會看到很多杆欄式的建造方式：地板架空、離地約100～120公分、由竹子組合而成。這顯然很適合當地的季風氣候，不但有助於避免下雨所造成的泥巴，對蚊蟲的驅趕、清除垃圾等也都很有效。而建材大部分來自當地的木材，當地很多木材是非常好的木頭，有防白蟻的功能，如果沒有木，就會用竹子，就地取材的風格是他們與環境自然相處的方式。至於屋頂，通常會用椰葉，而茅草也是最常見的一種。

這樣的房子形式，和當地傳統的觀念也有很大的關係。例如在亞齊（Aceh），他們相信世界分成3個層次：上層是神、中層是人、下層是動物和其他低階的神靈。從他們的房子來看，將房子架高，地上用來飼養動物，而中層也就是房子的架構本身，人住在裡面，而閣樓或屋頂就是供奉祖先的地方。另外，方位與房子位置的關係，通常是前後、左右、上下和中心，都有著背山、太陽升起和落下的含意等。

印尼語裡的「semangat」，是靈、精神、氣的意思。在傳統泛靈信仰中，任何有生命或無生命的都可能有semangat。在印尼，有很多地方的族群仍然維持泛靈信仰。例如，樹木有樹靈，成熟的樹裡住著神靈，所以如果要砍伐木頭用來建造家屋，必須有特殊的儀式，由巫師請神靈離開。而有些狀況則是在房屋建造完成之後，屋子的靈就會進來。或者當房子在建造的過程中、或要完成時，通常會有儀式來慶祝。也有的情況是使用樹幹來建造房子，其根部必須著地，彷彿跟著房子一起長大。如此一來，房子也就成了有生命的物品，成為真正的「人生活在其中的房子」，要說「這些房子是活的」也不為過！下次經過這些傳統房子，記得跟它們打個招呼，問問apa kabar（你好嗎）囉！

Pelajaran 6
疑問代名詞：你住在哪裡？我住在雅加達。

學習重點

1. 學習疑問代名詞di mana（在哪裡）的相關問句，以及如何回答。
2. 學習重要地點和相關問句。
3. 學習介紹自己的工作。
4. 學習連接詞dan（和、還有）、atau（或、還是）。
5. 學習文法上的基本句型：「在哪裡」。

生活智慧

Ada sampan hendak berenang.

自討苦吃。

一 認識di mana（在哪裡）的問句和答句 MP3-032

在印尼語的對話中，什麼時候會用到di mana（在哪裡）呢？像是在問過名字之後，我們接著會詢問對方住在哪裡。或者今天跟朋友約好見面，會問他人在哪裡。更進一步地，還會問別人在哪裡工作、在哪裡唸書、某個地方在哪裡、在哪裡出生等等。另外，本課也同時會學習sini（這裡）、sana / situ（那裡）怎麼說。句子雖然看起來很多，但是關鍵的疑問代名詞其實就是di mana而已。

問：di＋mana
　　在　哪裡
答：di＋地點、地方、位置
　　在　……（地點、地方、位置）

這個疑問代詞可以放在句首，也可以在句尾。

例：你的家在哪裡？
　　放在句首時：Di mana rumah kamu?
　　放在句尾時：Rumah kamu di mana?

例句：

1. Kamu di mana? 你在哪裡？
   Saya di rumah. 我在家。
   Saya di pusat kota. 我在市中心。

2. Kamu berada di mana sekarang? 你現在在哪裡？
   Saya berada di sekolah sekarang. 我現在在學校。
   Saya berada di toko buku sekarang. 我現在在書店。

3. Kamu tinggal di mana? 你住在哪裡？
   Saya tinggal di Taipei. 我住在台北。
   Saya tinggal di asrama. 我住在宿舍。

4. Kamu bekerja di mana? 你在哪裡工作？
   Saya bekerja di pabrik. 我在工廠工作。
   Saya bekerja di perusahaan di Taipei. 我在台北的公司上班。

5. Kamu kuliah di mana? 你在哪裡唸書？
   Saya kuliah di Universitas Indonesia. 我在印尼大學唸書。

其他相關例句：

1. Kamu lahir di mana? 你在哪裡出生？
   Saya lahir di Bandung. 我在Bandung（萬隆）出生。

2. Mobil kamu parkir di mana? 你的車停在哪裡？
   Mobil saya parkir di sini. 我的車停在這裡。
   Mobil saya parkir di sana. 我的車停在那裡。

3. Di mana Hotel Garuda? Garuda飯店在哪裡？
   Di Jalan Sudirman. 在Sudirman路。

4. Kamu suka tinggal di sini? 你喜歡住在這裡？
   Ya, saya senang sekali. 是，我很開心（很喜歡）。
   Ya, lumayanlah. 是，還可以啦。

5. Ada hotel di sini? 在這裡有飯店嗎？
   Ya, ada. 是，有。
   Tidak ada. 沒有。

✱ 重點生字！

berada	位於	parkir	停車	pusat	中心
tinggal	住	pabrik	工廠	kota	城市
bekerja	工作（動詞）	universitas	大學	asrama	宿舍
kuliah	學習	perusahaan	公司	sini	這裡
ada	有	tidak ada	沒有	situ / sana	那裡

練習一下 1 請根據對話，從A、B、C、D選項中選出正確答案。

____ 1. Selamat pagi, Bapak Irianto.

A. Selamat malam. B. Saya baik.

C. Selamat pagi. D. Selamat datang.

____ 2. Bapak tinggal di mana?

A. Saya tinggal di Taipei. B. Lumayan baik.

C. Baik-baik saja. D. Ya, ada.

____ 3. Kamu lahir di mana?

A. Saya lahir di Jakarta. B. Saya bekerja di pabrik.

C. Kamu lahir di sana. D. Saya tinggal di sini.

____ 4. Di mana rumah kamu?

A. Silakan masuk. B. Tidak apa-apa.

C. Minta maaf. D. Rumah saya di Taipei.

____ 5. Ibu bekerja di mana?

A. Saya di Taipei sekarang. B. Saya bekerja di Taipei.

C. Lumayanlah. D. Kurang baik.

1. 一般說來，和時間有關的單字，例如sekarang（現在）會放在句尾，所以「我現在在……」可以講成Saya sekarang di...或Sekarang saya di...。
2. 「那裡」可以用sana，也可以用situ。

 介紹自己的工作：我的工作是……。 MP3-033

1. Apa pekerjaan kamu? 你的工作是什麼？
   Saya dosen. 我是講師。
   Saya mahasiswa. 我是大學生。

2. Kamu bekerja di mana? 你在哪裡工作？
   Saya bekerja di rumah sakit sebagai dokter. 我在醫院當醫生。
   Saya bekerja di perusahaan sebagai karyawan. 我在公司當職員。

3. Pak, pekerjaannya apa? 先生的職業是什麼？
   Saya seorang guru. 我（是）一位老師。
   Saya seorang karyawan bank. 我（是）一位銀行員。
   Saya seorang pegawai negeri. 我（是）一位公務員。

重點生字！

pekerjaan	工作	karyawan	職員	dosen	講師
sebagai	當作（如同英語的*as*）	karyawan bank	銀行員	mahasiswa	大學生
dokter	醫生	pegawai negeri	公務員	pelajar	學生
guru	老師	pengusaha	企業家	ibu rumah tangga	家庭主婦

練習一下 ❷ 請將下列各種詢問工作的對話翻譯成印尼語。

1. 你在哪裡工作？

   我在工廠工作。

2. 女士您在哪裡工作？

   我在學校當老師。

3. 先生在哪裡工作？

   我在公司當職員。

4. 先生的職業是什麼？

   我（是）一位公務員。

5. 您的工作是什麼？

   我（是）大學生。

6. 你的工作是什麼？

   我在台灣當家庭看護。

小提醒

1. mahasiswa原指男大學生，mahasiswi是女大學生，但如果統稱的話，用mahasiswa即可，有時候簡稱siswa也可以。maha是「大」的意思。
2. ibu rumah tangga是家庭主婦，rumah tangga即家庭。但tangga也有另一個意思，為樓梯之意。
3. 上述第3句例句「Pak, pekerjaannya apa?」的-nya，是其中一種文法上的後綴，功能是用來強調名詞、動詞或形容詞。與第4課的第三人稱的所有格-nya是同樣的寫法，但功能不同。
4. pengusaha的另外一個說法是wirausaha，wira原意是「英雄」，usaha的意思是「努力、商業」之意。

三 疑問代名詞di mana（在哪裡）的綜合學習

mana（哪裡）是問地點的一個疑問代名詞，可單獨使用，以便詢問所在位置，置於名詞之前。

例如：

1. Mana buku kamu? 你的書呢？
   可回答：A. Ada di lemari buku. 在書櫃裡。
   B. Ada di meja teman saya. 在我朋友的桌上。

2. Mana teman kamu? 你朋友呢？
   可回答：A. Sedang makan. 正在吃。
   B. Sudah tidur. 已經睡了。

另外，mana可搭配不同的介係詞形成不一樣的疑問代名詞。di是介係詞「在」，專指地點的介係詞。

例如：

- Dia tinggal di mana? 他住在哪裡？
  Dia tinggal di Taipei. 他住在台北。

練習一下 ❸ 請將下列中文翻譯成含有疑問代名詞di mana的印尼語。

1. 先生在哪裡工作？

2. 我在台北工作。

3. 你的車呢？

4. （有）在家裡。

5. 你的椅子呢？

6. （有）在那裡。

7. 你的家在哪裡？

8. 我的家在雅加達。

四 認識連接詞 dan（和、還有）、atau（或、還是）

MP3-035

要學習好印尼語，除了記一般單字之外，連接詞可說是使用率非常高的單字，讓你可以充分地表達意思。印尼語常用的連接詞和中文或英語很相似，例如：dan（和、還有）、atau（或、還是）、tapi（但是）、kalau（如果）、karena（因為）、saat（當）等等。快來看看有哪些不可不學的連接詞。

印尼語的連接詞，用來連接不同的詞性或子句。連接詞用得好，句子會顯得比較豐富，表達起來也比較自然。最常見和普遍的印尼語連接詞就是dan（和、還有）和atau（或、還是）。

1. dan（和、還有）

dan可以連接單字、分句、子句等，也可以連接2個名詞、2個動詞或2個形容詞。另外，會使用同義詞serta。

- Saya suka makan nasi dan mi. 我喜歡吃飯和麵。
- Dia suka makan mi dan minum teh. 他喜歡吃麵和喝茶。
- Anak saya pandai dan rajin. 我的小孩聰明和勤奮。

如同英語的*and*，如果連接3個以上的字或句子，只能在最後一個加入dan。

- Nisah sangat pandai, rajin, dan baik hati. Nisah很聰明、勤奮和心地善良。

2. atau（或、還是）

atau可以連接單字、分句、子句等，也可以連接2個名詞、2個動詞或2個形容詞。

- Kamu suka makan nasi atau mi? 你喜歡吃飯或麵？
- Kamu mau makan nasi dulu atau minum kopi dulu? 你要先吃飯還是先喝咖啡？
- Pelajar itu rajin atau malas? 那學生勤奮或懶惰？

還可以用作「是……還是不是……、要……還是不要……」。

- Kamu suka dia, ya atau tidak? 你喜歡他，是還是不是？
- Mari kita pulang, mau atau tidak? 我們回家吧，要還是不要？

練習一下 4 請將下列中文翻譯成含有連接詞dan、atau的印尼語。

1. 晚安和好眠。

2. 謝謝和再見。

3. 你住在台北還是高雄？

4. 你是一位老師還是職員？

5. 你在哪裡工作？台北還是桃園？

認識新朋友的對話 MP3-036

Nisah	: Apa kabar, Bu Susi?	Susi女士，妳好嗎？
Susi	: Kabar baik. Kamu?	很好。妳呢？
Nisah	: Baik sekali. Mari saya kenalkan teman saya. Ini Pak Hassan.	很好。來吧，我介紹我的朋友。這是Hassan先生。
Susi	: Nama saya Susi. Senang sekali bertemu dengan Anda.	我的名字是Susi。很開心見到你。
Hassan	: Saya juga senang sekali bertemu dengan kamu.	我也很開心認識妳。
Susi	: Apakah kamu orang Indonesia, Pak Hassan?	Hassan先生，你是否是印尼人？
Hassan	: Ya, saya orang Indonesia.	是，我是印尼人。
Susi	: Saya lahir di Kaohsiung dan tinggal di Kota Taipei sekarang.	我出生在高雄，我現在住在台北市。
Hassan	: Kamu bekerja di mana?	妳在哪裡工作？
Susi	: Saya seorang siswa.	我是一位大學生。
Nisah	: Kamu berkuliah di mana?	妳在哪裡唸書？
Susi	: Saya berkuliah di universitas di Taoyuan. Kalian bekerja di mana?	我在桃園的大學唸書。你們在哪裡工作？
Hassan	: Saya bekerja sebagai pengusaha.	我是一名企業家。
Susi	: Apa pekerjaan Bu Nisah?	Nisah女士妳的工作是什麼？
Nisah	: Saya seorang karyawan bank.	我是銀行員。
Susi	: Kantornya di mana?	辦公室在哪裡？
Nisah	: Kantor saya di Kota Taipei Baru.	我的辦公室在新北市。
Hassan	: Kami harus pergi, permisi dulu.	我們必須走了，先告辭。
Susi	: Sampai jumpa lagi. Selamat jalan.	再見。慢走。
Nisah	: Sampai nanti.	待會兒見。
Hassan	: Sampai jumpa.	再見。

六 閱讀練習：與朋友的對話 MP3-037

A：Anda lahir di mana?

B：Saya lahir di Taoyuan.

A：Sekarang Anda tinggal sendiri?

B：Ya, betul. Saya tinggal sendiri di apartemen.

A：Apakah Anda tinggal bersama keluarga?

B：Tidak, saya tinggal sendiri.

A：Orang tua Anda tinggal di mana?

B：Mereka tinggal di Kaohsiung.

A：Anda bekerja di mana sekarang?

B：Saya bekerja di perusahaan di Taipei.

A：Orang tua Anda bekerja di mana?

B：Ayah saya bekerja di rumah sakit. Ibu saya tidak bekerja, dia seorang ibu rumah tangga.

重點生字！

bersama	一起	apartemen	公寓	keluarga	家庭
ya	是	betul	對		

練習一下 5 請將「六、閱讀練習」翻譯成中文。

A：

B：

A：

B：

A：

B：

A：

B：

A：

B：

A：

B：

總整理

1. di mana（在哪裡）可以搭配不同的動詞，形成不同的問句，例如：tinggal di mana（住在哪裡）、bekerja di mana（在哪裡工作）、belajar di mana或kuliah di mana（在哪裡唸書）等。
2. 詢問工作可以用di mana，也可以用pekerjaannya apa（什麼工作）。
3. 連接詞dan（和、還有）、atau（或、還是）可以用來連接單獨的名詞或是動作。
4. 學習文法上的基本句型：「在哪裡」的句型。

開口說說看

Permisi, Pak.　不好意思，先生。

Permisi, Bu.　不好意思，女士。

Boleh saya tanya?　我可以問嗎？

WC di mana?　廁所在哪裡？

學習總複習

請將下列對話翻譯成印尼語。

1. 你現在位在哪裡？

我現在在書店。

2. 你現在住在哪裡？

我現在住在學校宿舍。

3. 你在哪裡工作？

我在醫院當醫生。

4. 你家在哪裡？

我家在那裡。

5. 你的出生地在哪裡？

我的出生地在台北。

我在台北出生。

6. 你的座位在哪裡？

我的座位在這裡。

7. 你的車停在哪裡？

我的車停在那裡。

8. 你的工作是什麼？

我是一位老師。

9. 你那美麗的蠟染衣在哪裡？

我那美麗的蠟染衣在家裡。

10. 你的辦公室在哪裡？

我的辦公室在桃園。

印尼語加油站：

老師，我的印尼朋友說「和」好像不是說dan，而是sama。為什麼呢？

喔，用sama比較口語啊，因為sama也有「同」的意思。通常大家要講「和」就會用sama。這個sama跟第3課學習到的sama-sama（不用客氣）是一樣的字根喔。

你說，我聽

Ada tidak?　有沒有？

Ada enggak? / Ada gak?　有沒有？

Ada.　有。

Tidak ada. / Enggak ada. / Gak ada.　沒有。

文法真簡單

「在哪裡」的句型

關於「在哪裡」、「去哪裡」、「來自哪裡」的回答，都包含「主詞＋動作＋介係詞＋地點」。以下說明這3個句子的陳述句和疑問句的句型。

1. 陳述句

一般是「主詞＋動詞＋在＋地點」和「主詞＋動詞1＋動詞2」。

例如：

主詞＋動詞＋補語（目的語）

Saya＋belajar＋di＋sekolah.

我　學習　在　學校。

通常「在哪裡」會搭配不同的動作，例如「住哪裡」、「在哪裡唸書」、「在哪裡工作」等，句型都不大會改變，只是轉換動詞。

2. 疑問句

疑問句的句型中，疑問代名詞di mana（在哪裡）可以放在句首，也可以放在句尾。如果疑問代名詞在句首的話，可以加上-kah強調疑問性，但不加也可以。若疑問代名詞在句尾，則不可加-kah在疑問代名詞上。

例如：你在哪裡工作？

主詞＋動詞＋疑問代名詞

Kamu＋bekerja＋di mana?

你　工作　在哪裡？

疑問代名詞＋主詞＋動詞

Di mana＋kamu＋bekerja?

Di manakah＋kamu＋bekerja?

在哪裡　　你　　工作？

Kamu bekerja di mana?（你在哪裡工作？）中的動詞，可以用其他的動詞取代，形成不同的問句。而一般在口語上，di mana習慣放在句尾。很多人在非正式文件、簡訊、網頁上會寫成dimana，這樣的寫法很普遍，但其實是錯誤的。

你說什麼呀！？

Aku pengen pergi jalan2 sm pacarku.

我想和我的情人去走走。

pengen（想要；口語）

jalan2＝jalan-jalan＝berjalan-jalan（逛逛走走）

sm＝sama（一起）

課堂活動：認識新朋友

1. 老師唸出各種問候語和稱呼，請同學不斷地重複。可在重複3遍之後，詢問同學各個單字的意思。
2. 6課的生字聽寫。
3. 在黑板上畫出不同的物品，問同學apa ini（這是什麼）或apa itu（那是什麼），請同學寫下來。
4. 準備白紙和顏色筆，請同學畫上第4課的物品，例如家、車子、貓、狗。讓同學拿著畫有各種物品的圖片，請同學回答是什麼，並問是誰的，以及在哪裡。
   例：同學畫了一個房子。可以問：Ini apa? Rumah ini rumah siapa? Rumah kamu di mana?
5. 詢問第6課的問句（1～5題），請同學用口語方式回答，並把問句和答案寫下來。
6. 請每一位同學另外找3到5位同學，問他們上述的問題，並把答案寫下來。
7. 請同學們介紹他剛認識的新朋友。
8. 請同學們看著對話的中文翻譯，用印尼語來對話。

好歌大家聽
歌手：Papinka
歌曲：Di mana hatimu

你知道嗎？

印尼語的「火」叫做「api」。而幾個有「火」的單字，就是這樣組成的！

1. kereta api　火車
2. gunung api　火山
3. kembang api　煙火
4. korek api　火柴
5. batu api　打火石

不可不知的印知識

世界上最大的火山口湖：多巴湖

Danau Toba（多巴湖）是一座位於印尼Sumatera（蘇門答臘島）北部的火山口湖，這個火山口中的湖，由於風景優美，是很多遊客必到之處。多巴湖呈菱形，長約100公里，寬約30公里，面積約1130平方公里，是世界上最大的火山口湖，但海拔不是很高，只有約905公尺。而湖中間的島嶼，是著名的Pulau Samosir（薩摩席爾島）。

要怎麼去多巴湖呢？如果是從Bandar Udara Internasional Kualanamu（瓜拉納穆國際機場），可以搭Dampri巴士（丹里巴士）到Amplas站（安巴拉斯），票價大約台幣25元，然後在Simpang Kayu Besar（先邦卡油伯沙）下車，再轉乘Sejahtera巴士（社札多拉巴士）到Parapat（巴拉拔湖邊小鎮），票價大約是台幣100元。從Amplas到Parapat是180公里，約5小時的車程。如果租車，含司機約是台幣1200元。

一般來說，遊客會從Medan（棉蘭市）過去。在棉蘭市很多的旅遊公司都有到多巴湖的套裝行程。如果是背包客，可以去Sejahtera巴士的售票口，問問是否有到Parapat。到了Parapat，就可以看到青山綠水，以及在湖對岸的陸地，在這裡可以坐渡輪到薩摩席爾島！

薩摩席爾島最理想是玩4天，不但可以玩水，也可以嘗試騎腳踏車環島喔！這裡有印尼少數族群Batak族，他們有著美麗的織布文化、雕刻藝術和色彩鮮艷的傳統房屋建築。除了湖景，還可以看到高山和稻田，以及路邊散步的水牛！

在薩摩席爾島上到處都會看到Horas這個字，這是Batak語的「早安、晚安、你好、歡迎、再見」之意，有一個字打遍天下的概念，真是太方便啦！下次有機會到訪，見到人都可以說聲Horas喔！

Pelajaran 7

疑問代名詞：

你來自哪裡？／你要去哪裡？

學習重點

1. 學習「你來自哪裡？」的說法。
2. 學習「你要去哪裡？」的說法。
3. 學習重要地點和其他國家的名稱。
4. 疑問代名詞dari mana（來自哪裡）、ke mana（去哪裡）的綜合學習。
5. 學習轉折語意的連接詞tetapi / tapi（但是）、kalau / jika（如果）。
6. 學習文法上的基本句型：「來自哪裡」、「要去哪裡」。

生活智慧

Semanis-manis gula, ada pasir di dalamnya.

笑裡藏刀。

疑問代名詞：你來自哪裡？ MP3-038

遇到剛認識的朋友，通常會詢問他來自何方。而印尼各島嶼之間人群流動頻繁，因此詢問故鄉或國籍是一個很平常的問句。「來自哪裡」的印尼語是dari mana，mana之前已經學過，是「哪裡」的意思，而dari就如同英語的*from*，是「來自」的意思。

問：Dari＋mana
　　來自　哪裡
答：Dari＋地點、地方、故鄉
　　來自　……（地點、地方、故鄉）

dari mana這個疑問代名詞可以放在句首，也可以在句尾。

例：你來自哪裡？
　　放在句首時：Dari mana kamu datang?
　　放在句尾時：Kamu datang dari mana?

例句：

1. Kamu berasal dari mana?　你來自哪裡？
   Saya berasal dari Indonesia.　我來自印尼。

2. Kamu dari mana?　你從哪裡來？
   Saya dari Taipei.　我從台北來。

3. Kamu orang mana?　你哪裡人？
   Saya orang Indonesia.　我是印尼人。

重點生字！

Taiwan	台灣	Jepang	日本	Malaysia	馬來西亞
Amerika Serikat	美國	Korea	韓國	Singapura	新加坡
Inggris	英國	Tiongkok	中國	Perancis	法國
Jerman	德國	Spanyol	西班牙	Asia Tenggara	東南亞

1. 「你來自哪裡？」也有一個問句：Kamu asli dari mana? berasal和asli這個字是「原、源」的意思，用在berasal dari mana或asli dari mana時，意思是「家鄉在哪裡」。
2. 如果是隨口問的「從哪來啊？」印尼語是「Dari mana kamu?」，這時候的回答可以說「從某個地方來」，例如rumah（家）、kantor（辦公室）等。

練習一下 1 請將下列對話翻譯成印尼語或中文。

1. 你來自哪裡？

   我來自高雄。

2. 你來自哪裡？

   我來自台灣。

3. 你哪裡人？

   我是台灣人。

4. 先生（您）哪裡人？

   我來自台北。

5. 女士您哪裡人？

   我是台東人。

6. Dari mana kamu datang?

   Saya datang dari Chiayi.

二 疑問代名詞：你要去哪裡？ MP3-039

要詢問「去哪裡」，可以用ke mana來問。當然也可以加上動詞，例如pergi（去）、pulang（回），ke就如同英語的*to*，是「表達方向性」的介係詞。

問：Ke＋mana
　　去　哪裡
答：ke＋地點、地方、方向
　　去　⋯⋯（地點、地方、方向）

ke mana這個疑問代名詞可以放在句首，也可以在句尾。

例：你要去哪裡？
　　放在句首時：Ke mana kamu mau pergi?
　　放在句尾時：Kamu mau pergi ke mana?

例句：

1. Kamu mau pergi ke mana?　你要去哪裡？
   Saya mau pergi ke sekolah.　我要去學校。

2. Kamu ingin pergi ke mana?　你想要去哪裡？
   Saya ingin pulang ke rumah.　我想要回家。

3. Bapak mau pergi ke mana?　先生您要去哪裡？
   Saya mau pergi berjalan-jalan.　我要去走走。

4. Mau ke mana?　要去哪？
   Tidak mau ke mana-mana.　沒有要去哪。

5. Kamu mau ke mana?　你要去哪裡？
   Mana saja.　哪裡都好。

重點生字！

pasar	市場	warung makan	餐廳	kantor	辦公室
sekolah	學校	toko buku	書店	perpustakaan	圖書館
kantor pos	郵局	kantor polisi	警察局	bandara	機場
berjalan-jalan	逛逛	berwisata	旅遊	berbelanja	購物

小提醒

1. pergi ke後面可以直接加「地點」，但要加「動作」時，後面不可加「ke」，而是pergi直接加動作。
2. 如果是回家，請記得使用pulang（回）或kembali（回）來代表回家，如pulang ke rumah（回家），也可以直接用mau pulang表示「要回去了」。
3. 疑問代名詞重複2次時，會變成「模糊的、不清楚」的意思。因此，可以用tidak ke mana-mana表達「沒有要去哪裡」。
4. saja這個字包含「只（*just*、*only*）、也、比較好、強調非常」的意思，所以在問候時，我們會說Apa kabar?（你好嗎？）然後回答baik-baik saja，表達「相當好、還不錯」，帶有一點saja的「比較好、強調非常」的含意。而在這裡，用mana saja來表達「哪裡都好」。
5. 表達「要」的時候，有以下幾個字可以使用：mau、ingin、kepingin、pengen。其中比較常見、普遍的說法是mau，而ingin則是正式的說法，kepingin和pengen是較口語的說法。

練習一下 ❷ 請將下列有關去向的句子翻譯成印尼語。

1. 去哪？

   回去。

2. 要去哪？

   沒去哪。

3. 你要去哪裡？

   我要去辦公室。

4. 你想要去哪裡？

   我想要去我媽媽的家。

5. 女士您要去哪裡？

   我要去購物。

6. 大哥（你）要去哪？

   哪裡都好。

三 疑問代名詞dari mana、ke mana的綜合學習

MP3-040

延續上一堂課的mana（哪裡），除了搭配di（在），成為di mana（在哪裡），也可以搭配另外2個介係詞：dari（來自）、ke（去）。

例句：

1. Kamu berasal dari mana? 你來自哪裡？
   Saya berasal dari Taipei. 我來自台北。

2. Kamu mau pergi ke mana? 你要去哪裡？
   Saya mau pergi ke kantor. 我要去辦公室。

練習一下 3 請將下列中文翻譯成含有疑問代名詞ke mana、dari mana的印尼語，或是將印尼語翻譯成中文。

1. 你來自哪裡？
2. 你要去哪裡？
3. 你來自哪裡？
4. 你哪裡人？
5. 我要去菜市場。
6. Mana saja.

小提醒

mana也可以單獨使用，類似中文的說法「你哪裡人？」：Kamu orang mana?。

四 認識連接詞 tetapi / tapi（但是）、kalau / jika（如果） MP3-041

學習dan（和、還有）以及atau（或、還是）之後，讓我們來學習另外2個具有轉折意義的連接詞：tetapi / tapi（但是）、kalau / jika（如果）。

1. tetapi / tapi（但是）

tetapi是正確完整的寫法，而tapi是比較口語的用法。tetapi / tapi可以連接2個具有轉折意思的單字或分句，但只能加在句子中間，不能放在句首。

・Anak saya pandai tetapi malas. 我的孩子聰明，但是懶惰。

・Saya suka makan nasi tetapi dia tidak suka. 我喜歡吃飯，但是他不喜歡。

2. kalau / jika（如果）

kalau是「如果」的意思，在口語上常聽見，意思衍生成「那……、如果是……」的意思。kalau可以加在句子中間，也可加在句首。kalau有很多同義字，例如：jika、jikalau、bila等。

・Saya mau beli mobil kalau saya punya uang. 如果我有錢，我要買車。

・Kalau kamu? Kamu mau beli apa? 如果是你呢？你要買什麼？

小提醒

在一般口語、簡訊或網頁上，大家喜歡把kalau寫成kalo、klo、kl。

練習一下 ④ 請將下列有tetapi、kalau的句子翻譯成中文。

1. Cathy：Saya suka makan nasi goreng. ________ kamu?

2. John：Saya suka makan nasi ________ tidak ada nasi di sini.

3. John：Saya orang Taiwan ________ saya tinggal di Indonesia sekarang.

4. Cathy：________ kamu pergi ke pasar, kamu mau beli apa?

5. John：________ sudah makan, pulang sajalah.

五 了解新朋友的對話 MP3-042

Levi	:	Selamat pagi, Pak Denni.	早安，Denni先生。
Denni	:	Selamat pagi, Bu Levi.	早安，Levi女士。
Levi	:	Apa kabar, pak?	先生，你好嗎？
Denni	:	Kabar baik, kalau ibu?	很好，你呢？
Levi	:	Saya juga baik.	我也很好。
Denni	:	Ibu datang dari mana?	女士從哪裡來？
Levi	:	Saya datang dari Solo. Kalau Bapak?	我來自梭羅。你呢？
Denni	:	Saya aslinya dari Malang, tetapi sekarang saya tinggal di Surabaya.	我來自瑪琅，但是我現在住在泗水。
Levi	:	Kamu mau ke mana?	你要去哪裡？
Denni	:	Saya mau pergi ke kantor. Kalau Ibu? Ibu mau pergi ke mana?	我要去辦公室。你呢？你要去哪裡？
Levi	:	Saya mau pergi berbelanja.	我要去購物。
Denni	:	Ibu tinggal di mana sekarang?	你現在住在哪裡？
Levi	:	Saya tinggal di Kota Taipei sekarang.	我現在住在台北。
Denni	:	Apakah Ibu bekerja di Taipei?	你在台北工作嗎？
Levi	:	Ya, saya seorang karyawan di perusahaan di Taipei.	是，我在台北的一家公司當職員。
Denni	:	Permisi dulu, sampai jumpa.	我先告辭，再見。
Levi	:	Sampai nanti.	待會兒見。

* Solo（梭羅）也稱Surakarta（蘇拉加達），是中爪哇省的一個主要城市。Malang（瑪琅）是東爪哇省的第二大城市，距離東爪哇省第一大城市Surabaya（泗水）約100公里。

A 總整理

1. dari mana（來自哪裡）通常搭配datang（來）、berasal（出身），也可以單獨使用。
2. ke mana（去哪裡）通常搭配pergi（去）、pulang（回），也可以單獨使用。
3. pergi是「去」的意思，是往外的方向，所以不能回答pergi ke rumah，除非是去別人的家：pergi ke rumah teman（去朋友的家）。「回家」一定得用pulang（回），pulang ke rumah才是「回家」之意。
4. 本課的重要單字如下：地點例如pasar（市場），基本動作例如berjalan-jalan（逛逛），其他國家名稱例如Perancis（法國）、Amerika Serikat（美國）。
5. pergi ke＋地方，而pergi＋動詞，別弄混了。
6. 疑問代名詞dari mana（來自哪裡）、ke mana（去哪裡）可單獨使用。
7. 連接詞tetapi（但是）、kalau（如果）可用來連結轉折含意的2個分句。kalau常被簡寫成kalo、klo、kl。
8. 學習文法上的基本句型：「來自哪裡」、「要去哪裡」的句型。

開口說說看

Semoga sukses!　祝你成功！

Semoga beruntung!　祝你好運！

Selamat!　恭喜！

B 學習總複習

請將下列對話翻譯成印尼語。

1. 先生（您）來自哪裡？

我來自台北。

2. 太太（您）要去哪裡？

我要去市中心。

3. 你哪裡人？

我印尼人。

4. 要去哪裡？

去學校。

6. 先生（您）要去哪裡？

我要去旅遊。

7. 要去哪裡？

沒有要去哪裡。

你說，我聽

Benarkah? 真的嗎？

Ya, itu benar. 是，真的。

Itu tidak benar. 不是真的。

C 文法真簡單

「來自哪裡」、「要去哪裡」的句型

關於「來自哪裡」、「要去哪裡」的回答，都包含「主詞＋動作＋介係詞＋地點」。以下說明這2個句子的陳述句和疑問句的句型。

1. 陳述句

一般是「主詞＋動詞＋在＋地點」和「主詞＋動詞1＋動詞2」。

例如：

（1）主詞＋動詞＋補語（目的語）

Saya＋datang＋dari Taipei.
我 來自 台北。

Saya＋mau pergi＋ke pasar.
我 要去 市場。

（2）主詞＋動詞1＋動詞2

Saya＋mau pergi＋berjalan-jalan.
我 要去 走走。

2. 疑問句

疑問代名詞dari mana（來自哪裡）、ke mana（去哪裡），可以在句首，也可以在句尾。

例如：

（1）你要去哪裡？

主詞＋動詞＋疑問代名詞
Kamu＋mau pergi＋ke mana?

疑問代名詞＋主詞＋動詞
Ke mana＋kamu＋mau pergi?

（2）你從哪裡來？

主詞＋動詞＋疑問代名詞
Kamu＋datang＋dari mana?

疑問代名詞＋主詞＋動詞
Dari mana＋kamu＋datang?

你說什麼呀！？

Yuk, kita pergi makan. 來吧，我們去吃飯。

Ayuk, pulang. 來吧，我們回家。

Ayo, makanlah! 來吧，吃吧！

* Yuk、Ayuk、Ayo當作呼喚別人一起做某件事的語助詞，可說是「來吧」之意。

D 課堂活動：認識新朋友

1. 複習：老師唸出各種問候語和稱呼，請同學不斷重複，可在重複3遍之後，詢問各個單字的意思。
2. 複習物品和所有格：老師發下物品圖案，並唸出問句，請同學回答。
3. 複習地點和去向：詢問同學來自哪裡、要去哪裡？
4. 請同學們複習對話，如果熟悉了，可以看著對話的中文翻譯用印尼語來對話。
5. 請同學練習口語問句，每一位學生找另外3位學生隨機問以下幾個問題：

Apa kabar?	Nama kamu siapa?	Kamu tinggal di mana?
Kamu datang dari mana?	Ini mobil siapa?	Kamu mau pergi ke mana?
Bolehkah saya masuk?	Rumah kamu di mana?	Kantor kamu di mana?

好歌大家聽
歌手：Judika
歌曲：Bukan dia tapi aku

不可不知的印知識

印尼的國家宗教是伊斯蘭教嗎？

如果有人問你「印尼的國家宗教是伊斯蘭教嗎？」你的答案是什麼呢？

印尼是多元族群及多元宗教的國家，如果你覺得這一句話僅僅只是文宣或外交上的宣傳手段，或許你還不夠了解印尼。印尼最容易被人誤會的一件事，就是很多人以為伊斯蘭教是印尼的國家宗教。

只要拿這一題去問問印尼朋友，相信每一個人都會跟你說「bukan」（不是）。印尼建國的最高宗旨是實行「Bhinneka Tunggal Ika」（異中求同）的目標，這一句宗旨是來自古爪哇語，而要達到這樣的目標，就得讓各種不同的族群擁有自己的文化和宗教。

而這也要從印尼的建國五原則說起，印尼的建國五原則稱為Pancasila（班查希拉），顧名思義，就是有五條原則是全印尼人的政治哲學。第一條是「信仰最高真主」。也就是說，人民須以信仰神為基礎，同時國家不偏袒任何一個宗教，以確保人民的宗教信仰自由。

在印尼的憲法中承認6種宗教，即伊斯蘭教、基督教、天主教、佛教、印度教及孔教。因此，「異中求同」是讓印尼維持大印度尼西亞（Indonesia Raya）的策略，也可避免族群分裂。

雖然穆斯林人口在印尼是最多的，教派也有很多種，但伊斯蘭教並不是印尼的國家宗教喔！下次也可以拿這一題去考考別人吧！

你知道嗎？

印尼是千島之國，但是獨有一個小島獲得了全世界的關注。你一定猜到了，沒錯，就是峇里島（Pulau Bali）。除了陽光、沙灘、SPA之外，峇里島最獨特的莫過於精緻的印度教文化。在島上，還是可以從他們的日常生活、房屋建築形式中發現與Hindu Bali（峇里印度教）息息相關的地方喔！

Pelajaran 8

助動詞：

你會說印尼語嗎？ 可以 VS. 會

學習重點

1. 學習「你會說印尼語嗎？」的相關問句以及回答。
2. 學習「這個怎麼說？」、「這個怎麼唸？」的說法。
3. 學習介係詞untuk（為了、對……來說、給）、dengan（跟、和、用）的用法。
4. 學習疑問代名詞bagaimana（怎麼樣）。
5. 學習文法上的基本句型：boleh（可以）、bisa（會、可以）的陳述句與疑問句。

生活智慧

Ada air ada ikan.

只要肯努力，就會有收穫。

一 學習「你會說印尼語嗎？」的相關句子 MP3-043

印尼語因為入門簡單，所以進階到溝通也不難，很多遊客、生意人去印尼，一下子就學上幾句，和當地人聊了起來。印尼因為幅員廣大，而且有很多不同的島嶼，基本上都有各自的方言，但是印尼語是印尼的國語，因此全國人民都要學習這個語言。也因為這樣的關係，印尼人對於外國人講印尼語的接受度很大，不用擔心說得不好，只要勇敢地開口說，印尼人都會對你露出親切的笑容。

問：Apa＋kamu bisa？
　　是否　你會
答：Ya, saya bisa ....
　　是的，我會……。

常見溝通例句：

1. Apa kamu bisa berbahasa Indonesia? 你會講印尼語嗎？
   Ya, saya bisa. 是，我會。
   Saya cuma bisa sedikit. 我只會一點點。

2. Anda bisa bicara bahasa apa saja? 您會說什麼語言？
   Saya bisa bicara bahasa Mandarin dan bahasa Inggris. 我會講中文和英語。
   Saya bisa bicara bahasa Indonesia dengan lancar. 我會講流利的印尼語。

3. Di mana kamu belajar bahasa Indonesia? 你在哪裡學印尼語？
   Saya belajar di sekolah. 我在學校學的。
   Saya mengambil kursus. 我有上課程。
   Saya belajar sendiri. 我自學。

✱ 其他溝通例句：

1. Apakah kamu mengerti?	你了解嗎？
Ya, saya mengerti.	是，我了解。
Maaf, saya kurang mengerti.	抱歉，我不太了解。
2. Maaf, bisa ulangi sekali lagi?	抱歉，可以再重複一次嗎？
Tentu saja.	當然。
3. Kamu belajar bahasa Indonesia untuk apa?	你學印尼語是為了什麼？
Saya belajar bahasa Indonesia untuk bisnis.	我學印尼語是為了做生意。
Untuk berbicara dengan teman.	為了跟朋友聊天。
Untuk pergi berwisata.	為了去旅行。
4. Tolong bicara lebih pelan.	請講慢一些。
Tolong bicara lebih lambat sedikit.	請講慢一點。
5. Belajar bahasa Indonesia itu menyenangkan!	學印尼語很開心。

重點生字！

bisa	會、可以	mengambil	參與、參加	bahasa Mandarin	中文
berbahasa	講某種語言	kursus	課程	bahasa Inggris	英語
bicara	說、講	mengerti	了解	cuma	只
sedikit	一點	ulangi	重複	bahasa	語言
sekali	一次	lancar	流利、順暢	untuk	為了
tentu	當然、肯定	pelan / lambat	慢	dengan	跟、和
lebih	比較	menyenangkan	開心	tolong	幫忙、請

小提醒

1. bahasa是語言（名詞），berbahasa是加了動詞前綴ber-，形成動詞化，即「講語言」。
2. mengambil的字根是ambil，此字根的意思是「拿、取得」，meng-為動詞前綴，加上字根之後，產生「衍生」的意思，即「參與、參加」，在這裡指的是「參與課程」。
3. mengerti的字根是erti，此字根的意思是「意思、意義」，meng-為動詞前綴，加上字根之後，產生「衍生」的意思，即「了解、理解」。
4. ulangi的字根是ulang，此字根的意思是「重複」，-i為動詞後綴，加上字根之後，產生「強調的功能」。
5. sekali是副詞，有很多意思，包括「一次」、「一次性」、「極了、非常」、「最」等。在這裡的意思是「一次」，來自satu kali，satu是「一」，kali是「次數」。
6. untuk是介係詞，「為了」之意，如同英語*for*；dengan是介係詞，「跟、和」之意，如同英語*with*和*by*之意。
7. bicara是「說、講」的意思，是比較正式的說法。如果口語，可以用bilang。
8. menyenangkan的字根是senang，此字根的意思是「開心」，meny-kan為動詞前後綴，「讓人開心」之意。

練習一下 1 請根據對話，從A、B、C、D選項中選出正確答案。

____ 1. Embak bisa bicara bahasa apa saja?

A. Saya tidak bisa.

B. Saya bisa bicara bahasa Indonesia saja.

C. Sampai jumpa.

D. Silakan masuk.

____ 2. Permisi, Pak, apakah Bapak bisa berbahasa Indonesia?

A. Ya, tentu saja.　B. Tidak baik.

C. Maaf, saya permisi dulu.　D. Ya, ada.

____ 3. Apakah kamu mengerti?

A. Saya orang Taiwan.　B. Saya tinggal di sini.

C. Maaf, saya kurang mengerti.　D. Saya bekerja di pabrik.

____ 4. Mas belajar bahasa Indonesia untuk apa?

A. Untuk minum.　B. Untuk perkerjaan saya.

C. Minta maaf.　D. Untuk makan.

____ 5. Ibu belajar bahasa Indonesia di mana?

A. Lumayanlah.　B. Baik-baik saja.

C. Saya mengambil kursus.　D. Kurang baik.

二 學習「這個怎麼說？」、「這個怎麼唸？」 MP3-044

正所謂「出外靠朋友」，印尼朋友就是你最好的語言老師，所以遇到什麼字或詞不會說的時候，隨時用這些問句來問他們吧！

例句：

1. Ini namanya apa? 這叫做什麼？
   Ini namanya mobil. 這叫做mobil（車子）。

2. Bagaimana cara mengeja kata itu? 這個字怎麼拼？
   Kata itu adalah M-O-B-I-L. 這個字拼M-O-B-I-L。

3. Bagaimana cara bacanya? 這個字怎麼唸？
   MO-BIL. （唸）MO-BIL。

4. Bolehkah kamu menulis kata ini? 你可以寫這個字嗎？
   Tentu saja boleh. 當然可以。

5. Ini artinya apa? 這是什麼意思？
   Saya kurang tahu. 我不太知道。

6. John：Saya sedang belajar bahasa Indonesia. 我正在學印尼語。
   Susi：Bahasa Indonesia kamu bagus sekali. 你的印尼語很棒。
   John：Terima kasih, lumayanlah. Saya harus terus berlatih.
   謝謝，還好啦。我必須繼續練習。
   Susi：Ayo kita bicara dalam bahasa Indonesia.
   來吧，我們用印尼語講話。

重點生字！

bagaimana	怎麼樣	baca	唸、讀	berlatih	練習
cara	方法	menulis	寫	bagus	棒
mengeja	拼音	dalam	裡面、裡	terus	繼續
kata	字、話、詞	sedang	正在	ayo	來（吧）
artinya	意思	tahu	知道	kurang	減、不太

小提醒

1. mengeja的字根是eja，此字根的意思是「拼音」（動詞），meng-為動詞前綴，加上字根之後，意思一樣是指「拼音」。
2. menulis的字根是tulis，此字根的意思是「寫」（動詞），men-為動詞前綴，加上字根之後，把字根的清音t去掉，意思一樣是指「寫」。men＋tulis＝menulis。
3. berlatih的字根是latih，此字根的意思是「練習」（動詞），ber-為動詞前綴，加上字根之後，意思一樣是指「練習」。
4. tahu同時有「知道」和「豆腐」的意思，只能在發音上稍微做一些區別，「知道」的發音比較快，類似「tau」的感覺，而「豆腐」的發音則清楚地將兩個音節發出來，類似「ta.hu」。

練習一下 ❷ 請將下列中文翻譯成印尼語。

1. 這個字怎麼唸？

2. 這個字是什麼意思？

3. 你可以寫下這個字嗎？

4. 這叫做什麼？

5. 什麼意思？我不太了解。

6. 你會講印尼語嗎？

7. 我會講一點印尼語。

8. 可以重複一次嗎？

學習介係詞untuk（為了、對……來說、給）、dengan（跟、和、用）

MP3-045

印尼語的介係詞非常有趣，也很簡單。在使用上與英語和中文很類似，因此學習起來很容易上手。不過大家要了解，在一般口語的溝通上，有些介係詞會被省略。而在正式的文章或場合，介係詞就是必要的。

1. untuk（為了、對……來說、給）

untuk的意思是「為了、對……來說、給」，如同英語的*for*。其功能有2個：（1）放在人、名詞等前面，用來表示「理由」或「對象」。（2）放在句子前面，用來表達有關聯性的事物。說明如下：

（1）用在人、名詞等前面，用來表示「理由」或「對象」

・Ibu membeli baju untuk ayah. 媽媽買衣服給爸爸。

・Kamu belajar bahasa Indonesia untuk apa? 你為了什麼學習印尼語？

（2）放在句子前面，用來表達有關聯性的事物

・Untuk kesehatan, saya harus minum teh. 為了健康，我應該喝茶。

・Untuk saya, buku ini tidak ada artinya. 對我來說，這本書沒有意義。

* 在口語上常會看到用bagi和buat，與untuk同義。

2. dengan（跟、和、用）

dengan有「和、跟」的意思，但是與連接詞dan用法不一樣，dengan的用法接近英語的*with*和*by*，類似中文的「跟」。其功能有3個：（1）用在人、名詞等前面，表示「參與、一起」。（2）用在物品前，表示「使用的工具」。（3）用在形容詞或副詞前，表示其「性質」。說明如下：

（1）用在人、名詞等前面，表示「參與、一起」之意

・Saya tinggal dengan ibu saya. 我跟我媽媽住。

・Ayah pergi ke pusat kota dengan temannya. 爸爸跟他的朋友去市中心。

（2）用在物品前，表示「使用的工具」

- Saya pergi ke kantor dengan menggunakan bus. 我用（搭）巴士去辦公室。
- Ibu menulis dengan pulpen. 媽媽用原子筆寫（字）。

（3）用在形容詞或副詞前，表示其「性質」

- Kita belajar bahasa Indonesia dengan senang hati.
  我們開心地學習印尼語。
- Nisah menjaga ayah saya dengan baik. Nisah把我爸照顧得很好。

練習一下 3 請在下列句子的空格中，填上untuk或dengan。

1. Saya tinggal ________ ibu dan bapak saya.
2. Jaga diri ________ baik.
3. Ibu membeli sepatu ________ saya.
4. Saya bisa bicara bahasa Indonesia ________ lancar.
5. Kamu belajar bahasa Indonesia ________ apa?
6. Dia pergi ke kantor ________ menggunakan mobil sendiri.

四 疑問代名詞bagaimana（怎麼樣）的綜合學習

MP3-046

本課我們要學的第4個疑問代名詞是bagaimana（怎樣、怎麼樣），用法類似英語的*how about*、*how*。其功能為：1. 詢問方法、做法、方式。2. 詢問某件事的結果、狀況。3. 詢問看法、意見，有時候搭配kalau（如果）。

1. 詢問方法、做法、方式

- Bagaimana cara bacanya? 這個怎麼唸？

2. 詢問某件事的結果、狀況（經常搭配dengan（跟））

- Bagaimana dengan buku ini? （你覺得）這本書怎麼樣？
- Bagaimana dengan kamu? 那你怎麼樣？（可用在問候的回覆）

3. 詢問看法、意見（經常搭配kalau（如果））

- Bagaimana kalau saya permisi dulu? 如果我先告辭，（會）怎麼樣？

因為bagaimana太長，口語上大家習慣說成gimana，跟ke mana唸起來有點像，所以要小心分辨。日常生活則更簡化，會變成：Kok bisa?（怎麼會？）、Kok bisa begini?（怎麼會這樣？）kok是語助詞，表示「驚訝、錯愕」的意思。

練習一下 4 請將下列對話翻譯成含有bagaimana的印尼語。

1. Susi：你好嗎，先生？

   Irianto：很好，你怎麼樣？

   Susi：我也很好，謝謝。

2. John：我正在學印尼語。

   Nisah：非常好，John哥。

   John：這個字怎麼唸？

   你可以寫這個字嗎？

   Nisah：當然可以。

 跟印尼朋友的對話 

Wen Hsin	:	Apa kamu bisa bahasa Indonesia?	你會講印尼語嗎？
John	:	Ya, saya bisa bicara bahasa Indonesia dengan lancar.	是的，我會說流利的印尼語。
Wen Hsin	:	Oh ya, ini namanya apa?	喔對了，這叫做什麼？
John	:	Ini namanya “kereta api”.	這叫做「火車」。
Wen Hsin	:	Maaf, bisa ulangi sekali lagi?	抱歉，可以再重複一次嗎？
John	:	Tentu saja bisa. Ini “kereta api”.	當然可以。這是「火車」。
Wen Hsin	:	Oh, sekarang saya mengerti.	喔，現在我了解了。

Wen Hsin	:	Pak Hassan bisa bicara bahasa apa saja?	Hassan先生會說什麼語言？
Hassan	:	Saya bisa berbahasa Indonesia dan bahasa Mandarin.	我會講印尼語和中文。
Wen Hsin	:	Bahasa Mandarin Pak Hassan bagus sekali.	你的中文很好。
Hassan	:	Lumayanlah, saya harus terus berlatih.	還好啦，我需要繼續練習。
Wen Hsin	:	Saya harus pergi ke kelas bahasa Indonesia, permisi dulu ya.	我必須去上印尼語課了，先告辭囉。
Hassan	:	Selamat belajar dan selamat jalan!	學習愉快和慢走！
Wen Hsin	:	Sampai besok.	明天見。

六 閱讀練習：向印尼朋友介紹自己 MP3-048

A：Apakah mbak mahasiswa?

B：Ya, betul. Saya mahasiswa di universitas di Taiwan.

A：Mahasiswa tingkat berapa?

B：Tingkat dua.

A：Fakultas apa?

B：Fakultas Bahasa dan Sastra Inggris.

A：Kamu sedang belajar apa?

B：Saya sedang belajar bahasa Indonesia.

A：Bagaimana bahasa Indonesia? Sulit?

B：Tidak, tidak begitu sulit. Sangat menarik.

A：Bahasa Indonesianya bagaimana? Sudah lancar?

B：Ya, sudah lancar.

A：Selain bahasa Indonesia, kamu mau belajar apa?

B：Saya mau belajar sejarah Indonesia.

重點生字！

tingkat	年級	fakultas	系所	sastra	文學
sulit	困難	begitu	那麼	menarik	有趣
berapa	多少、幾	selain	除了……以外	sejarah	歷史

練習一下 5 請將「六、閱讀練習」翻譯成中文。

A：

B：

A：

B：

A：

B：

A：

B：

A：

B：

A：

B：

A：

B：

A 總整理

1. 問別人「會不會」，可以用bisa；問「可不可以」，則用boleh。
2. 如果要問某個東西怎麼說，用apa來問：Ini namanya apa?。
3. 印尼語的介係詞很簡單，與中文和英語有所呼應。untuk的意思是「為了、給」，dengan意思是「跟」。
4. 疑問代名詞bagaimana（怎麼樣），用來詢問方法、做法、意見、狀況等。
5. 學習文法上的基本句型：boleh（可以）和bisa（會、可以）的陳述句和疑問句。記得把boleh、bisa置於句首，就可以形成疑問句。

開口說說看

Selamat berpuasa!　齋戒愉快！

Selamat berbuka puasa!　開齋愉快！

Selamat Hari Raya Idul Fitri!　開齋節愉快！

B 學習總複習

請在下列句子中填上適當的助動詞或動詞，並翻譯成中文。

harus 必須	mau 要	boleh 可以	bisa 會

1. Pelajar tidak ________ makan di kelas.
2. Saya ________ makan malam.
3. Pak Hassan tidak ________ berbahasa Inggris.

   Kamu ________ berbicara dalam bahasa Indonesia.
4. ________ ke mana, embak?
5. Selamat pagi, pak. ________kah saya masuk?
6. Mobil ini punya siapa? Tidak ________ parkir di situ.
7. ________kah saya makan sekarang?
8. Ayah saya ________ beli mobil BMW.
9. ________kah saya masuk?
10. Saya ________ pergi ke kantor.

你說，我聽

Kamu yakin? 你確定？

Ya, saya yakin. 是，我確定。

文法真簡單

表達許可，以及徵求許可的boleh（可以）、bisa（會、可以）

boleh（可以）、bisa（會、可以）大多當作助動詞使用，陳述句用來表達許可，疑問句則用來徵求許可。在陳述句的部分，直接加在動詞前面即可；疑問句則將boleh或bisa置於句首，可再加上-kah疑問語助詞。

1. 陳述句，用來表達許可

主詞＋boleh / bisa＋動詞＋補語（目的語）

- Kamu boleh duduk di sini.　你可以坐在這裡。
- Siswa boleh belajar di perpustakaan.　學生可以在圖書館裡學習。
- Pak Hassan bisa berbahasa Mandarin.　Hassan先生會講中文。
- Saya bisa.　我會。

2. 疑問句，用來徵求許可

要變成疑問句時，則將boleh、bisa置於句首，有以下幾種詢問的方式。

（1）boleh＋動詞（＋目的語）

Susi：Boleh tawar?　可以議價嗎？
Penjual：Boleh.　可以。
Susi：Pak, boleh kurang sedikit?　先生，可以減（價）一點嗎？
Penjual：Baiklah, kurang sedikit boleh.　好吧，可以減（價）一點。

（2）boleh＋主詞＋動詞（＋目的語）

Supir：Bapak, boleh saya tanya?　先生，我可以請問嗎？
Boleh saya merokok di sini?　我可以在這裡抽菸嗎？
Bapak：Boleh, silakan.　可以，請。
Ibu：Tidak boleh.　不可以。

（3）bisa有「可以、會」的意思。

Hassan ： Bisa bicara bahasa Indonesia enggak? 會講印尼語嗎？
Derek ： Bisa. Saya bisa sedikit. 會。我會一點。
Sofia ： Tidak bisa. 不會。

Hassan ： Bisa kurang? 可以減（價）嗎？
Penjual ： Bisa. 可以。

重點生字！

penjual 小攤販	tawar 議價	merokok 抽菸
rokok 菸		

你說什麼呀！？

Kok bisa begini? 怎麼會這樣？
Kok jadi begini? 怎麼變成這樣？
Kok jadi begitu? 怎麼會那樣？

* kok是一種語助詞，有「驚訝」的意思。

D 課堂活動：跟朋友用印尼語聊天

1. 複習地點和去向：老師詢問同學「來自哪裡」、「要去哪裡」、「住在哪裡」、「辦公室在哪裡」等等。聽老師說出問句，然後把問句寫出來，並回答，老師也可抽點學生用口語的方式回答。
2. 複習對話：請同學們練習對話，如果熟悉了，可以看著對話的中文翻譯，用印尼語來對話。
3. 複習物品：請同學畫上曾經學過的物品，當老師問：「Ini namanya apa?」時，請同學回答。
4. 互動：請同學事先準備好3個生活用品，並找出印尼語的說法或稱呼，在課堂上與同學說明。

你知道嗎？

好歌大家聽
歌手：Wali Band
歌曲：Doaku Untukmu Sayang

印尼一共有4個文化古蹟被列入聯合國教科文組織（UNESCO）世界文化遺產，其中2個就在日惹。一個是印度教「普蘭巴南神廟」，另一個是佛教「婆羅浮屠遺跡」。而其中，普蘭巴南神廟是在9～10世紀時，古爪哇王朝（Sanjaya）為了鞏固印度教王朝在爪哇的勢力所修建。

好好玩：填字遊戲

請將下列的單字翻譯成印尼語，並填入正確的表格裡。

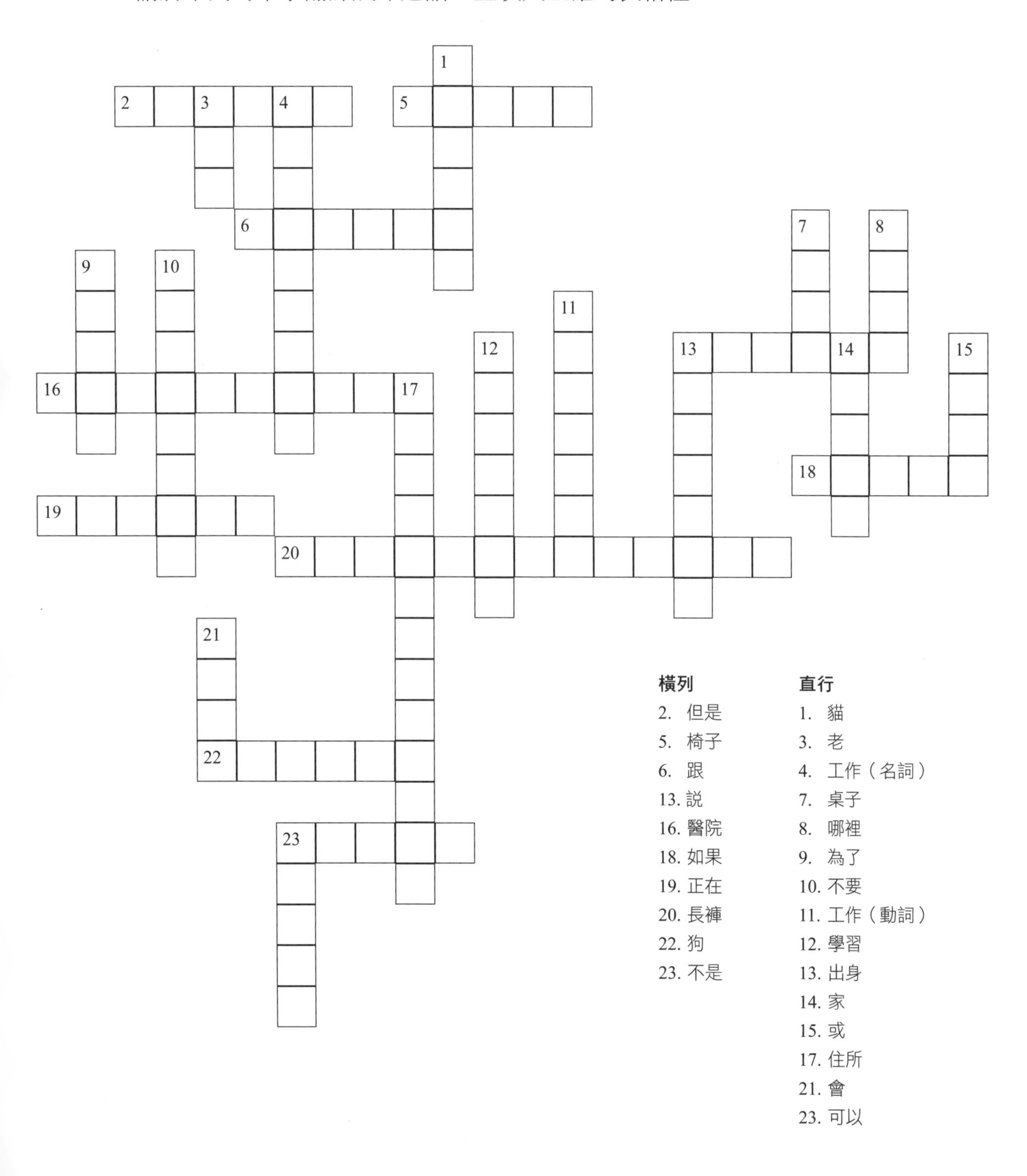

橫列

2. 但是
5. 椅子
6. 跟
13. 說
16. 醫院
18. 如果
19. 正在
20. 長褲
22. 狗
23. 不是

直行

1. 貓
3. 老
4. 工作（名詞）
7. 桌子
8. 哪裡
9. 為了
10. 不要
11. 工作（動詞）
12. 學習
13. 出身
14. 家
15. 或
17. 住所
21. 會
23. 可以

不可不知的印知識

日惹的普蘭巴南神廟

日惹（Yogyakarta或Jogjakarta）是爪哇島上的古城，在爪哇島中南部，也是著名的大學城和爪哇文化藝術中心。在相距40公里的範圍內，就有佛教「婆羅浮屠」遺跡（Borobudur）、印度教「普蘭巴南神廟」（Candi Prambanan）等2座世界文化遺產，對觀光客最便利的是，這兩處遺產坐公車或遊覽車只要1個小時內的車程就可以到。

如果是自助旅行，帶著輕便的行李下了日惹機場，可以在當天入住旅館前先解決掉一個觀光景點，那就是印度教普蘭巴南神廟。神廟位於機場附近，於日惹東北方18公里處，搭公車約莫半個小時車程就能抵達，而且票價只要3000印尼盾（約台幣8元）。如果是從市中心出發，約1個多小時才能抵達。日惹的公車是BRT系統，需要在進入車站前付款，但無論從哪裡上車，都是3000印尼盾。

印度教普蘭巴南神廟是一座石造建築群，主要有6座尖塔，其中3座分別供奉著印度的主神：毀滅之神「濕婆」（Shiva, Siwa）、創造之神「梵天」（Brahma）、秩序之神「毗濕奴」（Wisnu），居中的神廟供奉著毀滅之神「濕婆」。在這3座神廟的正前方，各有3座小一點的神廟是供奉主神的坐騎，分別是梵天的「孔雀」、濕婆的「神牛」與毗濕奴的「大鵬金翅鳥」。

印度教普蘭巴南神廟是一個很大的園區，周圍由矮牆圍起來，從下車的地方沿著矮牆走到售票大門約要10分鐘。門票主要分外國人與本國人的票價，外國人的票價17萬5000印尼盾（約台幣500元），如果有學生證，會便宜半價（不需要辦理國際學生證，帶台灣的學生證也可以）。從售票亭到神廟建築群，約5分鐘的路程。神廟的石造外牆上有許多細緻的雕飾，值得遊客品味。另外，此神廟清晨順光，適合拍攝神面正面；傍晚則是逆光，但是可以拍攝神廟的剪影與夕陽交互輝映的畫面。

這一生不可不去的景點，一定包括日惹。趕快加入你的旅遊計畫中吧！

Pelajaran 9

數字：

數數1、2、3

學習重點

1. 學習1、2、3等數字。
2. 學習「你的電話幾號」的說法。
3. 學習連接詞jadi（所以）、supaya / agar（以便）的用法。
4. 學習疑問代名詞berapa（幾、多少）。
5. 學習文法：數字、序號與數量詞。

生活智慧

Seperti kucing dengan anjing.

水火不容。

一 印尼語的數字 MP3-049

1. 數字

印尼語的數字有幾個規則，像是0到9有特定的說法、11到19用belas，而十位數用puluh，百位數用ratus，千位數用ribu，下一個單位則直接是百萬juta。另外，印尼語分隔千位與萬位之間的千分位符號是用「點」（.）來表示，而不是用「逗號」（,）。

印尼語數字的唸法

0	nol / kosong			100 一百	seratus
1	satu	11	sebelas	1.000 一千	seribu
2	dua	12	dua belas	10.000 十千 / 一萬	sepuluh ribu
3	tiga	13	tiga belas	100.000 一百千 / 十萬	seratus ribu
4	empat	14	empat belas	1.000.000 一百萬	sejuta / satu juta
5	lima	15	lima belas	10.000.000 一千萬	sepuluh juta
6	enam	16	enam belas	100.000.000 一億	seratus juta
7	tujuh	17	tujuh belas	1.000.000.000 十億	semiliar / satu miliar
8	delapan	18	delapan belas	10.000.000.000 一百億	sepuluh miliar
9	sembilan	19	sembilan belas	100.000.000.000 一千億	seratus miliar
10	sepuluh	20	dua puluh	1.000.000.000.000 一兆	satu triliun

2. 數字的用法

（1）以1為起頭的數字：

印尼語中，10、100、1.000等以1為起頭的數字，比較不會用satu，而是用特殊前綴se加在十位數puluh、百位數ratus、千位數ribu等的前面，形成sepuluh（10）、seratus（100）、seribu（1.000）等。特別是10，一般固定會使用sepuluh。

10	＝	se＋puluh	＝	sepuluh
100	＝	se＋ratus	＝	seratus
1.000	＝	se＋ribu	＝	seribu
10.000	＝	se＋puluh ribu	＝	sepuluh ribu

（2）十位數、百位數、千位數：

印尼語的11到19使用的是belas，例如：12是dua belas，13是tiga belas，以此類推。而十位數固定用puluh，例如：20是dua puluh，30是tiga puluh，以此類推。同樣的，百位數用ratus，所以200是dua ratus，300是tiga ratus，以此類推。而千位數用ribu，2.000是dua ribu，3.000是tiga ribu。

小提醒

1. 千以上的單位，以千位數ribu來表示，例如一萬是「十×千」，所以是sepuluh ribu。
2. 百萬以上的單位，以百萬位數juta來表示，例如一千萬是「十×百萬」，所以是sepuluh juta。
3. 十億以上的單位，以十億位數miliar來表示，例如一百億是「十×十億」，所以是sepuluh miliar。

12	＝	dua＋belas	＝	dua belas
20	＝	dua＋puluh	＝	dua puluh
200	＝	dua＋ratus	＝	dua ratus
2.000	＝	dua＋ribu	＝	dua ribu
20.000	＝	dua＋puluh ribu	＝	dua puluh ribu

（3）「零」的用法：

101或1001只要直接將數字和位數寫上即可，沒有如同中文的「零」的說法。

101	＝	seratus satu
110	＝	seratus sepuluh
5.011	＝	lima ribu sebelas
1.905	＝	seribu sembilan ratus lima
15.637	＝	lima belas ribu enam ratus tiga puluh tujuh

重點生字！

belas　十幾	puluh　十位數	ratus　百位數	ribu　千位數
juta　百萬	miliar　十億位數	triliun　兆	se- 「一」的單位

3. 數字用法的相關例句

- Nomor telepon kamu berapa? 你的電話幾號？
  Nomor telepon saya 0935-987-654. 我的電話是0935-987-654。

- Boleh saya minta nomor telepon kamu? 可以給我你的電話號碼嗎？
  Tentu saja. Nomor saya adalah 0912-345-678. 當然。我的電話是0912-345-678。

- Boleh kasih nomor telepon kamu? 可以給（我）你的電話號碼嗎？
  Boleh, nomor telepon saya 087880077825.
  可以，我的電話號碼是087880077825。

- Umur kamu berapa? 你幾歲（你的年齡是多少）？
  Umur saya delapan belas tahun. 我18歲（我的年齡是18歲）。

- Berapa orang murid dalam kelas? 在教室裡有幾名學生？
  Ada tiga puluh dua orang murid dalam kelas. 有32名學生在教室裡。

- Berapa harga buku ini? 這本書多少錢？
  Empat puluh ribu Rupiah. 4萬印尼盾。

重點生字！

nomor	號碼	kasih	給（口語）	murid	學生
telepon	電話	umur	年齡	kelas	教室
berapa	多少	tahun	年、歲	harga	價格

練習一下 1 請根據對話，從A、B、C、D選項中選出正確答案。

______1. Bolehkah kasih nomor telepon kamu?

A. Terima kasih.

B. Tentu saja. Nomor saya adalah 0912-345-678.

C. Sampai jumpa.

D. Mau pergi.

______2. Sekarang tahun berapa?

A. 2015 tahun.

B. Tahun 2015.

C. Maafkan saya.

D. Tidak ada.

______3. Berapa orang pelajar dalam kelas?

A. Saya orang Indonesia.

B. Saya tidak merokok.

C. Saya tidak ada.

D. Tiga ratus orang.

______4. Umur kamu berapa?

A. Sama-sama.

B. Saya mau pulang.

C. Umur saya dua puluh tahun.

D. Untuk minum.

______5. Berapa harga baju itu?

A. Kurang baik.

B. Tidak baik.

C. Dua puluh ribu Rupiah.

D. Lumayanlah.

數字的序號、分數、小數點、加減乘除

序號、分數、小數點、加減乘除是幾個跟數字有關的形式，有了前面學習過的數字基礎之後，接下來學習跟數字有關的形式怎麼說。

1. urutan（序號）

印尼語裡，只需在數字的前面加上ke，就代表序號。其中，「第一」是最特別的用法，雖然也有人用kesatu，但是一般比較常用pertama。此外，如果序號採用數字的寫法，則一定要在數字前面加上標點符號「-」，例如：ke-2。

印尼語的序號寫法

序號	印尼語寫法	數字寫法
第一	kesatu / pertama	
第二	kedua	ke-2
第三	ketiga	ke-3
第二十一	kedua puluh satu	ke-21
最後	terakhir	

例句：

・Saya anak yang ketiga. 我是排行第三的小孩。

・Saya punya tiga anak. 我有3個小孩。

2. pecahan（分數）

分數主要是使用per，這個字在分數上，意思是「除」。

印尼語的分數寫法

數字寫法	印尼語寫法
1/2	setengah / separuh
1/4	seperempat
2/5	dua perlima
4/10	empat persepuluh

例句：

- 1/3 tanah Pak Hassan didirikan rumah.
  Hassan先生的三分之一的土地建了房子。

- Berapa besar rumah kamu? 你的家多大？
  Setengah rumah kamu saja. 你的家的一半而已。

- Berapa banyak kue yang kamu mau makan? 你要吃多少蛋糕？
  Satu perenam. 六分之一。

3. bilangan desimal（小數點）

印尼語的小數點寫法比較特別，不使用「.」，而是使用「,」。逗號以後的數字要以個位數的唸法來唸，不可使用十位數的唸法。而逗號「,」在印尼語是koma。

印尼語的小數點寫法

數字寫法	印尼語寫法
20,56	dua puluh koma lima enam
453,017	empat ratus lima puluh tiga koma nol satu tujuh
93,45%	sembilan puluh tiga koma empat lima persen

4. perhitungan（加減乘除）

在日常生活或工作中，經常需要用到加減乘除。除了在算式上會用到之外，我們在日常生活中也會使用到這些單字，因此要特別記起來。

印尼語的加減乘除

tambah 加	kali 乘	sama dengan 等於
kurang 減	bagi 除	

- satu tambah dua sama dengan tiga　$1+2=3$
- dua belas kurang lima sama dengan tujuh　$12-5=7$
- delapan ratus kali dua sama dengan seribu enam ratus　$800\times 2=1600$
- dua puluh satu bagi tiga sama dengan tujuh　$21\div 3=7$

練習一下 ❷ 請在下列句子的空格中，填上正確的答案。

1. empat ribu kurang dua ribu sama dengan ________
2. satu tambah dua tambah tiga sama dengan ________
3. sembilan kali tujuh sama dengan ________
4. enam belas tambah empat sama dengan ________
5. satu perempat tambah dua perempat sama dengan ________
6. dua puluh kurang dua belas sama dengan ________
7. dua perlima tambah satu perlima sama dengan ________
8. dua puluh kali tiga ratus sama dengan ________

連接詞jadi（所以）、supaya / agar（以便）的用法

MP3-051

1. jadi（所以；*so*）

連接詞jadi（所以）是用來連接有結論性質的句子。

例句：

- Saya belum makan, jadi sekarang lapar sekali.
  我還沒吃，所以現在很餓。
- Saya belum pulang, jadi kita bisa pulang bersama.
  我還沒回去，所以我們可以一起回家。

2. supaya / agar（以便、為了；*so that*）

連接詞supaya / agar（以便）是用來連接目的或目的子句。

例句：

- Ada banyak cara supaya badan menjadi kurus.
  有很多方法以便身體變瘦。
- Saya makan dengan cepat agar bisa pergi berbelanja.
  我吃得很快以便可以去購物。

練習一下 ❸ 請將下列句子翻譯成含有jadi或supaya / agar的印尼語。

1. 我學習印尼語以便可以跟朋友聊天。

2. 我在印尼工作，所以需要學習印尼語。

3. 我的印尼語不流利，所以需要繼續練習。

4. 我是台灣人，所以會講中文。

5. 他學習中文，以便可以在台灣工作。

疑問代名詞berapa（幾、多少）的綜合學習

MP3-052

本課要學的第5個疑問代名詞是berapa（幾、多少），意思如同英語的*how many*、*how much*，其功能是用來詢問數量、數字、長度、大小、價值、時間等。可以加在相關名詞的前面，表示不同的問題。

1. Nomor telepon kamu berapa? 你的電話幾號？
   Berapakah nomor telepon kamu? 你的電話幾號？
   Nomor telepon saya +62(361) 935-3942. 我的電話號碼是+62 (361) 935-3942。

2. Berapa harga buku ini? 這本書多少錢？
   Empat puluh ribu Rupiah. 4萬印尼盾。

3. Berapa besar rumah kamu? 你的家多大？
   Separuh rumah kamu. 你家的一半。

4. Berapa jauh kantor kamu dari rumah? 你的辦公室離家多遠？
   Dua kilometer. 2公里。

5. Ada berapa banyak ? 有多少？
   Ada tiga. 有3（個）。

練習一下 4 請將下列句子翻譯成含有berapa的印尼語。

1. 你的電話幾號？

2. 你的年齡是多少？

3. 多少人？

4. 多少？

5. 價格多少？

6. 多少百分比？

7. 多遠？

8. 多大？

五 Memperkenalkan diri（自我介紹） MP3-053

Halo saudara-saudari, nama saya Nisah. Saya seorang karyawati yang bekerja di sebuah perusahaan di Taipei. Ayah saya seorang pengusaha, ibu saya seorang guru bahasa Inggris. Ayah saya berasal dari Ping Tung. Ibu saya asli dari Hua Lien. Dulu mereka kuliah di Universitas Taiwan. Ayah saya belajar di Fakultas Ekonomi. Ibu saya belajar di Fakultas Bahasa Asing. Kami tinggal di Kota Taipei Baru sekarang.

Saya lahir di Taipei jadi saya orang Taipei. Saya berumur dua puluh lima tahun. Nomor hp saya adalah 0921-654-963. Saya suka berwisata dan berbelanja. Tempat yang saya suka adalah pasar malam di Taiwan. Saya pergi ke pasar malam untuk makan malam.

Saya belajar bahasa Indonesia supaya bisa berbicara dengan teman saya. Banyak teman saya berasal dari Indonesia. Jadi, kalau saya bisa bicara bahasa Indonesia dengan lancar, saya bisa mengerti apa yang mereka bicarakan.

Senang sekali bertemu dengan kalian.

中文翻譯：

嗨，大家好，我的名字是Nisah。我是一位在台北的公司上班的職員。我爸爸是一名企業家，我媽媽是一位英語老師。我爸爸來自屏東。我媽媽來自花蓮。之前，他們在台灣大學唸書。我爸爸唸經濟系。我媽媽唸外語系。我們現在住在新北市。

我出生在台北，所以我是台北人。我25歲。我的手機號碼是0921-654-963。我喜歡旅遊和購物。我喜歡的地方是台灣的夜市。我去夜市是為了吃晚餐。

我學習印尼語以便可以跟我的朋友聊天。我很多朋友來自印尼。所以，如果我會說流利的印尼語，我可以理解他們所說的話。

很開心與你們見面。

重點生字！

memperkenalkan	介紹	diri	自己	baru	新
fakultas	學系	pasar malam	夜市	bahasa asing	外語
asing	異、外				

練習一下 5 請閱讀「Memperkenalkan diri（自我介紹）」並回答下列問題。

1. Apakah ayah Nisah seorang pengusaha?

2. Ibu Nisah seorang apa?

3. Mereka tinggal di mana?

4. Nisah bekerja di mana?

5. Nisah suka pergi ke mana? Untuk apa?

6. Dulu ayah Nisah belajar di fakultas apa?

7. Ibu Nisah berasal dari mana?

A 總整理

1. 印尼語中，數字「十幾」用belas，十位數用puluh，百位數用ratus，千位數用ribu，百萬位數用juta，十億位數用miliar，兆用triliun。
2. 講分數時，使用per加在分母前面，小數點用koma（逗號）分開，序號則是在數字前面直接加ke-。10、100、1.000這些以1為起頭的數字，比較不會用satu，而是用前綴se-。
3. 連接詞jadi（所以）、supaya / agar（以便）的用法，與中、英語都相當接近。
4. 疑問代名詞berapa（幾、多少），用來詢問數量、數字、長度、大小、價值、時間等。
5. 學習文法：數字、序號與數量詞的寫法部分容易混淆。
   （1）數字＋量詞＋名詞 → 形成一般數量詞的分句：dua buah buku（2本書）
   （2）名詞＋數字 → 形成描述性的名詞：bus nomor dua（2號巴士）
   （3）名詞＋序號 → 形成排序性名詞：anak kedua（排行第二的孩子）
   （4）序號詞＋名詞 → 形成數量的集合：kedua anak itu（那2個孩子）

開口說說看

Sudah lama tidak jumpa.　已經很久沒見。

Lama tak jumpa!　（很）久沒見！

B 學習總複習

請將下列寫出對應的數字或印尼語。

1. 100
2. 123
3. 12
4. 202
5. 780
6. 2991
7. 3482
8. 第一
9. 3/7
10. 97,65%
11. 305
12. 110
13. 111
14. 第二
15. 一半
16. seratus dua belas
17. seratus dua puluh sembilan
18. dua belas ribu empat ratus dua puluh
19. dua ribu dua
20. dua ribu lima belas

你說，我聽

Ada berapa? 有多少？

Ada banyak. 有很多。

Tidak banyak. 不多。

Sangat sedikit. 很少。

C 文法真簡單

數字、序號與數量詞

印尼語的數字、序號與數量詞的用法，和英語、中文都很相似。只是數量詞在印尼語中並不是特別重要，所以很多時候可以省略。

1. 數字寫法

（1）若是當作一般的統計、數量、長度、大小、時間等，都可以使用阿拉伯數字（1,2,3）或用羅馬符號（I,II,III），同時也可以使用印尼語。

印尼語的數量詞語順如下：2台車子

・數字＋量詞＋名詞

dua ＋buah＋mobil

・數字＋名詞

dua ＋mobil

例如：

・Saya punya dua buah mobil. 我有2台車。

・Saya punya 2 buah mobil. 我有2台車。

・Saya punya 2 mobil. 我有2台車。

（2）當作描述性的名詞時，數字會放在名詞的後面，用來形容或修飾名詞。

例如：

・Naik bus kota nomor 236. 搭236號的市區巴士。

・Baca majalah SASTRA nomor 156. 讀156號（期）的《SASTRA》雜誌。

（3）若是長串號碼，例如電話號碼或是身分證號碼等，可以用群組的方式，並以「-」或「.」作區隔。在唸數字的時候，也應該一組一組唸，避免混淆。

例如：

・Nomor telepon saya 0920-123-456. 我的電話號碼是0920-123-456。

・Nomor KTP saya 2171.1025.0238.0001.
我的身分證號碼是2171.1025.0238.0001。

2. 序號的寫法

前面課文已經介紹過，數字當作序號使用時，會用前綴ke加在數字的前面。也就是說，ke可以加在印尼語數字前，也可以直接加在阿拉伯數字前，只有格式有所不同而已。而序號通常加在名詞的後面，因為是用來描述和形容該名詞。

序號的語順如下：排行第三的小孩

（1）名詞＋序號

anak＋ketiga

anak＋ke-3

例如：

・Saya anak ketiga. 我是排行第三的小孩。

・Nisah duduk di kursi kelima dari depan. Nisah坐在從前面（算起）第五張椅子。

ke加在數字的前面，也可當作數量的集合，例如：這2個、那3個，並放在名詞前面，用作類似數量詞的功能。

（2）[ke＋數字]＋名詞

例如：

・kedua anak itu 那2個孩子

・ketiga orang itu 那3個人

・keempat buku itu 那4本書

再分辨一下：

・anak kedua （排行）第二的孩子

kedua anak itu 那2個孩子

・kursi ketiga 第三張椅子

ketiga kursi itu 那3張椅子

如果序號和名詞的排列方式顛倒，會造成不同的意思，因此要特別注意。

3. 數量詞

印尼語也有數量詞，最常見的是orang（位、名）、ekor（只、隻）和buah（個），不過不使用數量詞也沒有關係。

數量詞語順如下：2本書

數字＋量詞＋名詞　　或　　數字＋名詞

dua ＋buah＋ buku　　　　dua ＋ buku

但如果是「一」，例如1位、1個、1隻等，satu都要換成se。

例如：satu orang → seorang

satu buah → sebuah

（1）orang（人、位、名）

orang的原意是「人」，例如orang Taiwan（台灣人）。任何與人相關的名詞，若要加上量詞，就是使用orang。

例如：

・Ada seorang bapak duduk di sana.　有1位先生坐在那裡。

・Di sini ada dua orang pelajar.　在這裡有2位學生。

・Di rumah sakit itu ada tiga orang dokter.　在那間醫院有3名醫生。

（2）ekor（只、隻）

ekor的原意是「尾巴」，因此用來當作動物的形容詞。

例如：

・Di rumah saya ada dua ekor anjing.　在我的家有2隻狗。

・Ada seekor kucing di sini.　在這裡有1隻貓。

（3）buah（個；也相同於中文的台、本、間、粒、顆等）

buah的用處非常廣大，是最普遍的量詞，可用在一般名詞或可數的名詞。

例如：

・Dia ada sebuah buku dan dua buah pensil.　他有1本書和2支筆。

・Di sini ada dua buah mobil dan tiga buah rumah.

在這裡有2台車和3間房子。

（4）其他量詞：可數的物品

- batang（根）：可用在pohon（樹）、pensil（筆）等長條形的物品。
- biji（粒）：可用在telur（蛋）、kue（糕）等小顆的物品。
- pasang（雙）：可用在一對的物品，例如sepatu（鞋子）、mata（眼睛）等。
- helai（片、張）：可用在baju（衣服）、kertas（紙）等薄和寬的物品。
- kaki（支、把）：特別用在payung（雨傘）。

（5）其他量詞：不可數的物品

可使用其動作或容器當作量詞。

- potong（切）：sepotong roti　1片麵包（麵包被切下來）
- gelas（杯子）：segelas air　1杯水
- botol（瓶子）：sebotol teh　1瓶茶
- piring（盤）：sepiring nasi　1盤飯
- mangkuk（碗）：semangkuk soto　1碗湯

（6）其他量詞：重量、長度、體積、容量、寬度等，與英語相似，常用的如下。

- 重量：ton（噸）、kilogram / kg（公斤）、gram / g（克）。
- 長度：kilometer / km（公里）、meter / m（公尺）、sentimeter / cm（公分）、milimeter / mm（公厘）、inci（吋）、kaki（呎）。
- 容量：liter（公升）。
- 體積：kubik（立方體；*cubic*）。
- 面積：meter persegi / m2（平方公尺）。

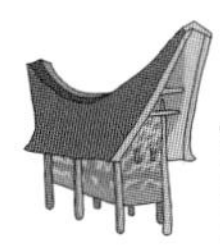

你說什麼呀！？

Wah, rumah loe bagus banget deh!　哇，你的家很棒耶！

Wah, enak banget!　哇，很好吃耶！

Cantik banget bajumu!　你的衣服很美耶！

Jauh banget deh!　很遠耶！

* banget（很；口語），放在形容詞後。deh的中文意思類似「耶」、「咧」這樣的語助詞。

課堂活動：我的電話號碼

1. 複習數字：請同學唸出1～12、20、35等數字。
2. 複習十位數、百位數等：在黑板上寫上數字，分別請同學回答。
3. 老師詢問同學的電話，請同學回答。
4. 請同學一起來玩印尼語數字版的bingo：

　（1）將數字1～25任意填在下列25個空格中（寫上阿拉伯數字即可）。

　（2）請班上同學用印尼語唸出數字，其他同學將該數字圈起來。

　（3）輪流唸出數字，直到有同學畫出3條bingo。

* 依照時間，可自行調整成累積1條bingo或維持3條bingo。

5. 進階版：將數字1～50任意選出25個數字，填進下列的25個空格中。請班上同學用印尼語唸出數字，其他同學將該數字圈起來。如果同學唸出來的數字不在你所列的上面，也請另外寫出來。輪流唸出數字，直到有同學畫出1條bingo。

請寫下同學有唸到，但是沒在格子裡的數字。

___

___

___

好歌大家聽
歌手：Judika
歌曲：Cinta Satukan Kita

兒童歌曲：Lagu 1, 2, 3, 4

E 好好玩

1. 找出這些數字

請從下列的印尼語中，找出你認識的印尼文字。

							C	M	J	J	F										
					D	D	T	L	P	O	U	R									
				X	E	Q	B	I			U	U	E								
			D	M	L	S	S	M				K	M	S							
		Z	U	C	A	E	E	A					P	S	C						
		T	A	H	P	P	B	Y					A	E	W	H	Z	V	D		
	A	U	R	T	A	U	E	R	N	E	D	B	T	M	D	Q	R	L	D	I	
	L	J	I	I	N	L	L	A	T	X	U	J	T	B	U	Y	I	N	E	E	R
E	S	U	B	G	F	U	A	T	W	D	A	Z	I	I	A	G	B	P	E	N	A
A	Q	H	U	A	P	H	S	U	V	T	N	H	G	L	B	T	U	K	U	A	B
E	A	H	S	R	O	S	S	S	V	G	Z	T	A	A	E	S	Z	W	S	M	A
I	Q	W	A	A	V	G	L	J	U	L	U	I	C	N	L	A	I	U	V	H	T
	Z	P	T	T	C	K	M	M	C	L	U	R	Q	H	A	T	M	G	B	L	
		X	U	U	V										S	U	Z	Y			
			A	S												P	N				

2. 算一算

請算出下列的答案，並用印尼語唸出來。

a. 873 + 54	b. 159 - 90	c. 104 - 40	d. 538 + 46
e. 492 - 26	f. 486 - 12	g. 816 + 78	h. 477 + 72
i. 332 + 67	j. 569 - 18	k. 638 + 34	l. 984 - 60
m. 860 + 95	n. 173 - 69	o. 249 - 48	p. 780 + 70
q. 693 - 80	r. 336 - 70	s. 731 + 36	t. 245 + 50

你知道嗎？

印尼語數字的唸法，其實跟很多原住民族的語言也有相通的地方喔！最多共通點的字就是「5」！其他相似字如下：

empat（4）：東、北排灣語的sepatj；撒奇萊雅語、阿美語的sepat等。

lima（5）：東、北排灣語的lima；阿美語的lima；撒奇萊雅語、卑南語的lima等。

enam（6）：東、北排灣語的unem；撒奇萊雅語、阿美語的enem等。

sepuluh（10）：東排灣語的tapuluq、北排灣語的pulu'；卑南語、南勢阿美語的pulu'等。

不可不知的印知識

日惹的婆羅浮屠佛寺

除了普蘭巴南神廟之外，日惹的文化遺產之二，就是位於日惹市西北方40公里處的佛教婆羅浮屠寺（Borobudur）。

佛教婆羅浮屠寺在2012年，被金氏世界紀錄登錄為當今世界上最大的佛寺，與中國的長城、埃及的金字塔和柬埔寨的吳哥窟並稱為「古代東方四大奇蹟」。而婆羅浮屠寺的日出也被CNN選為27個死前必看的景點第一名，由此可見其魅力。

神廟一共有9層，下面的6層是正方形，上面的3層是圓形，而圓形的地基上有72座鐘型的舍利塔，每座塔裡面坐著一尊石刻佛像。這座佛像上午面光，如果要拍出佛像沐浴在初陽的光輝裡，可得選擇清晨的時候前來。

如果選擇清晨或傍晚的時間來此處參觀，另一個好處就是這2個時段太陽是在斜角，所以拍出來的照片或許比較漂亮。但如果你害怕大太陽，那就更要選擇一早的行程，因為烈日當空，可能會影響參觀的興致喔！

最推薦的方式，就是參與婆羅浮屠佛寺的日出行程。外籍人士費用需要380萬印尼盾，可在當地旅社預定，並在一早凌晨4點半須到達Hotel Manohara報到，因此如果住在日惹市區，則需要在凌晨3點多出發。但如果是直接選擇住宿在Hotel Manohara，當然就可以晚一點起床，費用也只要23萬印尼盾。這樣的美景，有機會一定要去欣賞一次：在陽光灑在巨大佛寺的雕像前，無論你是不是佛教徒，都會肅然起敬，也會對當時的古爪哇王朝以及印尼多元的宗教風貌感到好奇。

Pelajaran 10

家庭中的稱謂：

我的家庭真可愛

學習重點

1. 學習家庭中的稱謂。
2. 學習「你結婚了嗎？」、「你有幾個小孩？」的說法。
3. 學習連接詞meskipun / walaupun（雖然）、介係詞dalam（……裡）的用法。
4. 學習否定詞tidak / tak（不）、bukan（不是）、tanpa（沒有）、tiada（沒有）、belum（還沒）。
5. 學習文法：否定句的語順。

生活智慧

Biar lambat, asal selamat.

慢慢來，注意安全。

一 家庭成員的稱謂 MP3-054

keluarga（家庭）在印尼社會很重要，所以不能不知道家庭成員的稱謂。雖然稱謂很多，但在學習時首先可以掌握幾個原則：第一，長幼順序比性別來得重要，例如：哥哥、姊姊都叫做kakak，弟弟、妹妹都叫做adik。第二，男方和女方家屬的稱謂基本上一樣，例如公、婆、叔、伯、姨、姑等。只要掌握這幾個原則，就能記住稱謂，也才不會失禮喔！

印尼語家庭成員的稱謂

keluarga　家庭	laki-laki / lelaki　男	perempuan　女
anggota keluarga 家庭成員	saudara　兄弟	saudari　姊妹
orang tua　父母	ayah / bapak　爸爸	ibu / mak　媽媽
anak　孩子	anak laki-laki　兒子	anak perempuan　女兒
kakak　哥哥、姊姊	kakak laki-laki　哥哥	kakak perempuan　姊姊
adik　弟弟、妹妹	adik laki-laki　弟弟	adik perempuan　妹妹
cucu　孫子、孫女	kakek　爺爺、外公	nenek　奶奶、外婆
mertua　公婆、岳父母	ayah mertua　公公、岳父	ibu mertua　婆婆、岳母
menantu　女婿、媳婦	menantu laki-laki　女婿	menantu perempuan　媳婦
keponakan　姪子、姪女	paman 伯、叔、舅、姑丈、姨丈	tante / bibi 姑、姨、伯母、舅母、叔母
suami istri　夫婦	suami　丈夫	istri / bini　妻子

例句：

1. Ada berapa orang dalam keluarga kamu?　你家有幾個人（有什麼人）？
   Keluarga saya ada ayah, ibu, seorang kakak laki-laki dan dua orang adik perempuan.
   我家有爸媽、1個哥哥和2個妹妹。

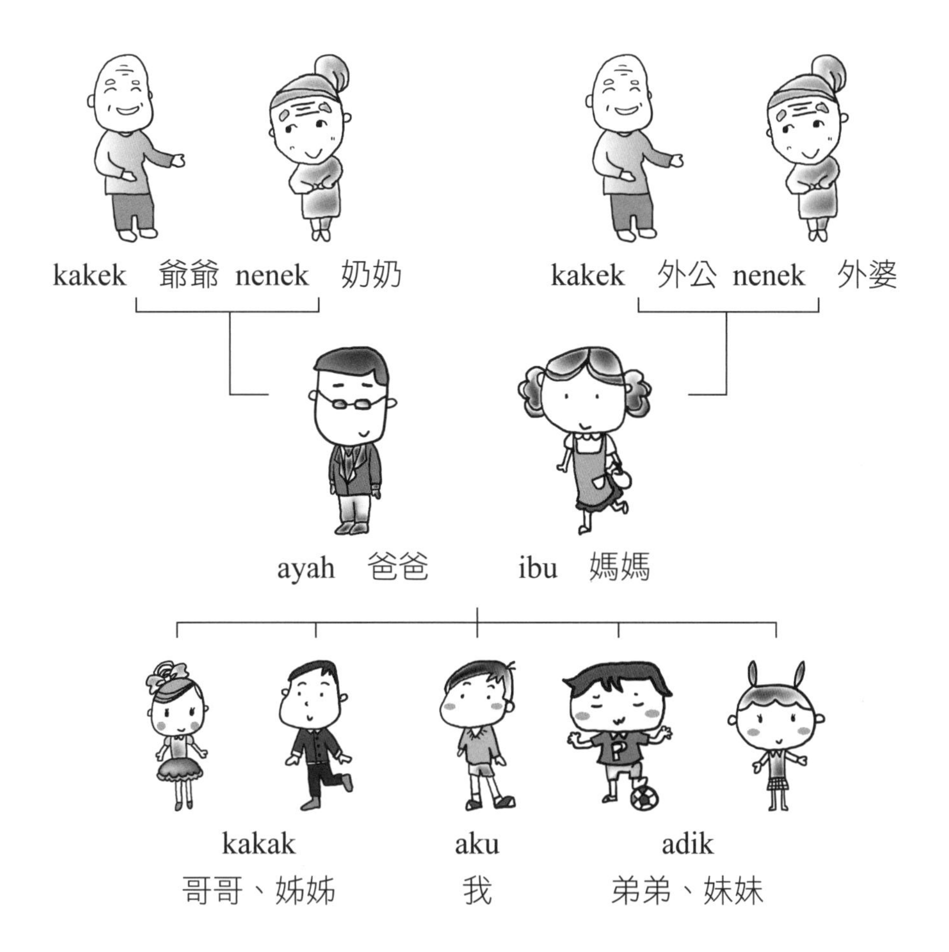

小提醒

1. orang tua原意指「老人」，延伸意思為「父母」。
2. 家庭是keluarga，也可稱做rumah tangga，因此家庭主婦就稱做ibu rumah tangga。
3. 印尼語的家庭稱謂上，長幼順序比性別來得重要。孩子都叫做anak，哥哥、姊姊都稱為kakak，弟弟、妹妹都稱為adik。想要明確說明是哥或姊、弟或妹、兒子或女兒時，在後面再加上性別即可。

2. Kamu berapa bersaudara? 你（有）幾個兄弟姊妹？
   Saya punya dua kakak perempuan. 我有2個姊姊。
3. Kamu anak keberapa dari berapa bersaudara?
   你在幾個兄弟姊妹中排行第幾？
   Saya anak pertama dari tiga bersaudara. 我是3個兄弟姊妹中的老大。
4. Kamu punya berapa anak? 你有幾個小孩？
   Saya punya dua anak laki-laki dan satu anak perempuan.
   我有2個兒子和1個女兒。
5. Kamu sudah berkeluarga? 你已經有家庭了嗎？
   Ya, sudah. 是，已經（成家）了。

重點生字！

anak tunggal 獨生子、獨生女	putra 兒子	putri 女兒
anak sulung 長子、長女	sepupu 表、堂兄弟姊妹	ipar 丈夫或妻子的兄弟姊妹
anak bungsu 幼子、幼女	kerabat 親戚	senior 前輩（公司或學校裡）
anak yatim 孤兒	kawan 朋友	cicit 曾孫

小提醒

1. putra原指「王子」，putri原指「公主」，延伸稱為「兒子」和「女兒」。
2. sulung指排序上是最大的，bungsu則指排序上是最年幼的。因此大弟也可以說是adik sulung，幼弟也稱adik bungsu。
3. 朋友有很多種說法，包含teman、rekan、sahabat、kawan等。一般使用上的習慣，例如kawan dan kerabat通常會搭配在一起，所以印尼電信公司推出的親友專案就叫做Paket Akrab（kawan dan kerabat）。（* akrab是「關係緊密的」、「親近」的意思。）

練習一下 1 請根據對話，從A、B、C、D選項中選出正確答案。

____1. Berapa orang kamu bersaudara?

A. Tidak apa-apa. B. Saya anak pertama.

C. Saya anak tunggal. D. Mau tidur.

____2. Ada berapa orang dalam keluarga kamu?

A. Tidak ada. B. Orang tua dan dua orang kakak.

C. Kalau begitu. D. Tidak baik.

____3. Kamu anak keberapa dalam keluarga?

A. Saya anak sulung. B. Saya belum makan.

C. Saya bukan orang Taiwan. D. Lima belas orang.

____4. Kamu punya berapa anak?

A. Untuk berbicara dengan teman. B. Ayah masih tidur.

C. Umurnya dua tahun. D. Tiga saja.

____5. Apakah kamu punya anak?

A. Ya, ada dua. B. Kurang baik.

C. Kawan dan kerabat. D. Mertua saya sudah tua.

小提醒

1. 男子還有別的說法：pria、cowok。
2. 女子還有別的說法：wanita、cewek、gadis。
3. 在印尼，詢問對方有幾個兄弟姊妹的方法，即：「Kamu berapa bersaudara?」（你有幾個兄弟姊妹？）回答的方式有兩種，一種是把自己也算在內，可以說：「Saya tiga bersaudara.」（我有三兄弟姊妹。）另一種是把自己排除在外，只說明手足的，即「Saya punya dua saudara, yaitu seorang kakak laki-laki dan seorang adik perempuan.」（我有兩個兄妹，那就是一個哥哥和一個妹妹。）

二 你結婚了嗎？ MP3-055

「你結婚了嗎？」這一句話如果使用在台灣社會，似乎有點失禮，但是在印尼社會，則是一個正常不過的問句。一般來說，在印尼只要超過25歲，幾乎都已婚和有小孩，所以基本上可以用這樣的問句來認識彼此。

例句：

1. Bapak sudah menikah belum? 先生你結婚了嗎？
   Sudah. 結婚了。
2. Anaknya berapa? 有幾個孩子？
   Tiga. 3個。
3. Ibu sudah menikah belum? 女士你結婚了嗎？
   Belum. Masih muda. 還沒。（我）還年輕。
4. Umurnya berapa? 幾歲了？
   Saya berumur 24 tahun. 我24歲。
5. Kamu sudah punya pacar belum? 你已經有男（女）朋友了嗎？
   Belum, saya belum punya pacar. 還沒有，我還沒有男（女）朋友。
   Saya masih lajang (*jomblo*). 我還單身。
6. Mau makan siang bersama saya? 要跟我一起吃午餐嗎？
   Boleh juga. 可以啊。
7. Kamu mau kencan dengan saya? 要跟我約會嗎？
   Boleh juga. 可以啊。

小提醒

1. anaknya berapa和umurnya berapa問句中的nya，是「強調」的功能，並非是「他的」的意思。
2. lajang是「單身」的意思，也可以用sendirian，或者*jomblo*。*jomblo*是印尼的流行語。

重點生字！

menikah / kawin	結婚	kencan	約會	muda	年輕
masih	還	bersama	一起	lajang / *jomblo*	單身

練習一下 2 請將下列句子翻譯成印尼語。

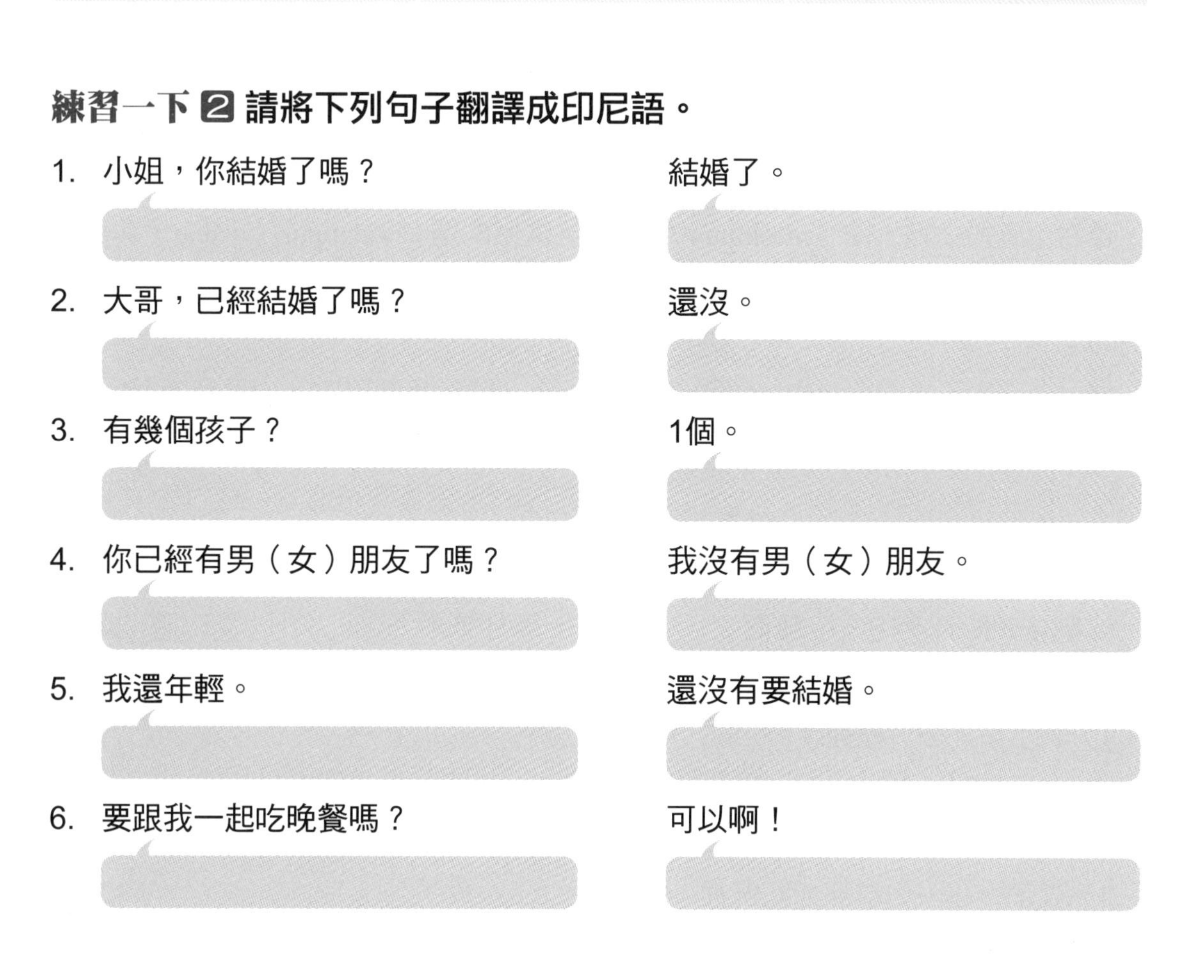

1. 小姐，你結婚了嗎？ — 結婚了。
2. 大哥，已經結婚了嗎？ — 還沒。
3. 有幾個孩子？ — 1個。
4. 你已經有男（女）朋友了嗎？ — 我沒有男（女）朋友。
5. 我還年輕。 — 還沒有要結婚。
6. 要跟我一起吃晚餐嗎？ — 可以啊！

連接詞meskipun（雖然）；介係詞dalam（……裡）

MP3-056

1. 連接詞meskipun / meski（雖然；*although*）

在印尼語中，當連接轉折性質的句子時，除了會用meskipun之外，也會用meski，中文意思都是「雖然」。使用時，可放在句首或句子的中間。印尼語中的「雖然」有很多種，除了meskipun / meski，常用的還有walaupun / walau，其他比較少見的則有biarpun / biar、sungguhpun，以上這些字可以交替使用。

例句：

・Meskipun saya belum makan, saya tidak lapar.　雖然我還沒吃，但是我不餓。

・Saya masih lapar, meskipun saya sudah makan.　我還餓，雖然我已經吃了。

2. 介係詞dalam（……裡；*in*）

dalam表示「在……裡面」、「在……事件或狀況裡」，以及「時間的長度」。

（1）表示在「……裡面」

Berapa pelajar dalam kelas bahasa Indonesia?　印尼語教室裡有幾個學生？

（2）表示「在……事件或狀況裡」

Mari kita bicara dalam bahasa Indonesia.　來吧，我們用印尼語講話。

（3）表示「時間的長度」

Saya akan tamat SMA dalam dua tahun.　我在2年內會完成高中學業。

練習一下 3 請將下列的句子翻譯為含有meskipun或dalam的印尼語。

1. 雖然我正在學習印尼語，但是我只會一點點。
2. 有30位學生在教室裡。
3. 你家裡有幾個人？
4. 雖然我是台灣人，但是我不會講中文。
5. 雖然他在印尼工作，但是他還不會用印尼語講話。

小提醒

1. SMA在印尼語中，是「高中」的縮寫，原文為Sekolah Menengah Atas。
2. SMP是「初中」的縮寫，原文為Sekolah Menengah Pertama。
3. SD是「小學」的縮寫，原文為Sekolah Dasar。
4. 另外還有SMK，原文為Sekolah Menengah Kejuruan，意思是「高職」。
5. TK原文為Taman Kanak-kanak，意思是「幼兒園」。

四 否定詞tidak / tak（不）、bukan（不是）、tanpa（沒有）、tiada（沒有）、belum（還沒）

MP3-057

印尼語中，有好幾個字都可以當作否定詞，例如：tidak / tak（不）、bukan（不是）、tanpa（沒有）、tiada（沒有）、belum（還沒）等，可使用在不同的情境中。

1. tidak / tak（不）

tidak（不）是最普遍的否定詞，使用時要加在動詞、形容詞或副詞的前面。tak是tidak的簡寫。一般口語上會用另一個字enggak（不）。

- Mau makan? 要吃嗎？
  Tidak mau. / Tak mau. 不要。
- Bagaimana cuaca hari ini? 今天天氣怎麼樣？
  Tidak baik. / Tak baik. 不好。

2. bukan（不是）

bukan（不是）一般加在名詞、代名詞和介係詞之前，也可加在動詞的前面，表示否定某個情景的意思。（其他說明詳見本課的文法說明）

- Ini bukan baju saya. 這不是我的衣服。
- Bukan saya. 不是我。
- Ini bukan untuk saya. 這不是給我的。

3. tanpa（沒有；*without*）

tanpa的意思雖然是「沒有」，但是不能直譯為tidak ada。tanpa的意思接近英語的*without*，一般放在名詞或動詞的前面。

- Tanpa dia saya tidak mau pergi. 沒有他，我不去。
- Dia masuk saja tanpa mengucapkan terima kasih.
  他直接進去，沒有說謝謝。

4. tiada（沒有）

tiada是tidak ada的縮寫，放在動詞前面的意思是「不曾」，放在名詞前面的意思是「沒有」。

- Dia sudah tiada.　　他已經不在了。
- Tiada orang di sana.　　那裡沒有人。

5. belum（還沒）

指還沒發生或還沒做的事情，放在動詞和形容詞的前面。

- Ibu belum makan.　　媽媽還沒吃。
- Anak saya belum besar.　　我的孩子還沒（長）大。

練習一下 4 請在下列空格中填上適當的否定詞。

1. Kakak laki-laki saya ________ ada di rumah.
2. Saya ________ orang Malaysia, saya dari Indonesia.
3. Saya ________ mau pergi ke pasar.
4. ________ anjing di rumah saya.
5. Malam ________ pacar.
6. Ini ________ yang baik.
7. Ini ________ baik.
8. ________ ibu saya ________ mau makan.
9. Saya ________ tidur.
10. Istri saya ________ orang Taiwan.

Memperkenalkan keluarga saya （介紹我的家人）

MP3-058

Selamat pagi, teman-teman. Aku mau memperkenalkan diri dan juga keluarga aku. Namaku Susi Susanti, biasanya dipanggil Susi. Aku berasal dari Tai Chung tapi sekarang tinggal di Kota Taipei Baru. Aku seorang karyawan bank. Aku belajar bahasa Indonesia di kursus bahasa asing di Taiwan. Aku belajar bahasa Indonesia untuk pekerjaan aku. Aku mempunyai banyak teman, ada Anisah, Denni, dan Kai Hsiang. Anisah perempuan, Denni dan Kai Hsiang laki-laki.

Anggota keluarga aku ada lima orang. Ayahku bernama Surya Daruharum, ibuku bernama Juwita. Ayahku seorang guru dan ibuku seorang ibu rumah tangga. Kakak laki-laki aku bernama Nurul Zainal. Adik perempuan aku bernama Nisah, umurnya delapan belas tahun. Nisah seorang mahasiswa yang belajar di Amerika Serikat. Kakak laki-laki saya bekerja sebagai karyawan di sebuah perusahaan di pusat kota Taipei.

Aku berumur dua puluh enam tahun dan aku sudah punya pacar, tapi belum mau menikah. Kami masih muda. Pacar aku berasal dari Jakarta. Namanya Irianto, biasanya dipanggil Toto. Dia datang ke Taiwan untuk bekerja. Kami suka pergi berjalan-jalan di pasar malam. Saya bisa berbahasa Indonesia dengan lancar, jadi kami bisa berbicara dalam bahasa Indonesia.

中文翻譯：

早安，朋友們。我要自我介紹和介紹我的家庭。我的名字是Susi Susanti，通常（大家）叫我Susi。我來自台中，但是現在住在新北市。我是一名銀行職員。我在外語課程中學習印尼語。我學習印尼語是為了我的工作。我有很多朋友，有Anisah、Denni和凱翔。Anisah是女生，Denni和凱翔是男生。

我的家庭成員有5位。我爸爸的名字叫Surya Daruharum，我媽媽的名字叫Juwita。我爸爸是一位老師，我媽媽是家庭主婦。我哥哥的名字叫Nurul Zainal。我妹妹的名字叫Nisah，她18歲。Nisah是一位在美國唸書的大學生。我哥哥在台北市中心的一家公司當職員。

我26歲，我已經有男朋友了，但是我還沒要結婚。我們還年輕。我的男朋友來自雅加達。他的名字是Irianto，通常被稱做Toto。他到台灣來工作。我們喜歡在夜市逛逛。我會講流利的印尼語，所以我們可以用印尼語溝通。

* dipanggil意思是「被叫做（稱為）」；biasanya意思是「通常、一般」。

* mempunyai的字根是punya，是「擁有、所有」的意思。mem-i是動詞前後綴。

練習一下 5 請閱讀「Memperkenalkan keluarga saya（介紹我的家人）」並回答下列問題。

1. Ayah Susi namanya siapa?

2. Ibu Susi seorang apa?

3. Mereka tinggal di mana?

4. Susi bekerja di mana?

5. Apakah Susi sudah punya pacar atau masih sendirian?

6. Pacarnya datang dari mana?

總整理

1. 家庭稱謂中，主要的是ayah（爸爸）、ibu（媽媽）、kakak（哥哥、姊姊）、adik（弟弟、妹妹）、anak（孩子）。性別上，laki-laki是男生，perempuan是女生。
2. 可以問印尼朋友Apakah sudah menikah?（你結婚了嗎？）來開始對話。
3. 連接詞meskipun（雖然）有很多同義詞，例如：meskipun / meski、biarpun / biar、sungguhpun，都可以交替使用。
4. 介係詞dalam（……裡）可用來表示在「……裡面」、「在……事件或狀況裡」，以及「時間的長度」。
5. 否定詞有好幾個，例如：tidak / tak、bukan、tanpa、tiada、belum等，可用在不同的情境中。口語時，則可以用enggak。
6. 學習文法：學習「否定句的語順」。否定詞bukan、tidak、belum可以加在動詞的前面，當作否定某個狀況。加在句尾，則當作反問句。

開口說說看

Saya bisa sedikit bahasa Indonesia saja.　我會一點印尼語而已。

Tolong perlahan sedikit.　請（說）慢一點。

學習總複習

請將下列中文翻譯成正確的印尼語問句，並回答。

1. 你家有幾個人（有什麼人）？

   我家有爸媽和1個妹妹。

2. 你有幾個兄弟姊妹？

   我有2個兄弟姊妹。

   1個姊姊和1個弟弟。

3. 你有幾個小孩？

   我有1個女兒。

4. 你已經有家庭了嗎？　是，已經（成家）了。

5. 你結婚了嗎？　結婚了。

6. 有幾個孩子？　1個。

7. 幾歲了？　3歲。

8. 你已經有男（女）朋友了嗎？

（還）沒有，我沒有男（女）朋友。

✱ 印尼語加油站：

你說，我聽

Saya baik-baik saja. Kamu bagaimana?　我很好，你怎麼樣？

Saya seperti biasa saja.　我跟平常一樣。

C 文法真簡單

否定句的語順

1. bukan（不是）

在否定句中的tidak和bukan，其用法簡單可分為tidak＋動詞 / 形容詞 / 副詞，例如tidak mau（不要）、tidak suka（不喜歡）等；以及bukan＋名詞 / 代名詞 / 介係詞，例如bukan saya（不是我）、bukan dari saya（不是來自我的）。

但是在某些情況，bukan也有其他的用途，例如加在「動詞的前面」可用來「否定某個狀況」，放在「句尾」，則當作「反問句」等。

（1）bukan＋動詞，用來「否定某個狀況或情況」：

・Dia bukan berasal dari Jakarta. 他不是來自雅加達。

・Wanita menangis bukan berarti dia lemah. 女人哭不代表她軟弱。

（2）bukan＋tidak＋動詞 / 形容詞 / 副詞，用來「否定"否定句"」，負負得正，意思為「不是不……」：

・Baju ini bukan tidak cantik, tidak cocok denganmu.
這衣服不是不美，（而是）跟你不搭。

・Aku bukan tidak mau kencan denganmu, saya sakit.
我不是不要跟你約會，（而是）我生病了。

（3）bukan hanya（tetapi juga），意思為「不只……還……」，使用時加在形容詞、動詞、名詞等的前面：

・Ayah bukan hanya pintar, tetapi juga rajin bekerja.
爸爸不只是聰明，還很勤奮工作。

・Kita bukan hanya kekasih tapi juga sahabat yang baik.
我們不只是情侶，還是好朋友。

（4）bukan放在句尾當作「反問句」：

bukan形成的反問句，基本上可以用bukan或ya來回答。

- Itu Ibu Susanti, bukan? 那是Susanti，不是嗎？
- Kamu orang Indonesia, bukan? 你是印尼人，不是嗎？

2. sudah（已經）、belum（還沒）

sudah和belum剛好是相反詞，放在一起就形成「好了沒？」的問句。使用時，還可以再加上不同的動作，來表達其他意思。而回答的方式，通常就是sudah（已經）或belum（還沒）。

- Sudah makan belum? 吃了沒？
- Sudah punya pacar belum? 已經有男（女）朋友了嗎？
- Sudah sampai belum? 已經到了嗎？

3. tidak / tak（不）

tidak和tak或者口語的enggak，也可放在動詞句尾，形成「反問句」。

- Mau tidak? / Mau tak? / Mau enggak? 要不要？
- Suka tidak? / Suka tak? / Suka gak? 喜歡不喜歡？

你說什麼呀！？

Oi bro, loe dah punya pacar blom? 嗨兄弟，你已經有女朋友了沒？

Sorry bro, gw *jomblo*. 抱歉兄弟，我單身。

* bro是來自英語的*brother*，有時候習慣用*bro*稱兄道弟。

* dah是sudah（已經）的簡寫，而blom應為belum（還沒），有時候會被寫成belom，簡寫成為blom。

* loe（你；口語）、gw（我；口語）。

D 課堂活動：你結婚了嗎、電話幾號、要不要約會

1. 複習數字：請同學背誦1～12、20、100等數字。
2. 複習十位數、百位數等：在黑板上寫上數字，指出來請同學回答。
3. 詢問同學的電話，請同學回答。
4. 詢問同學家裡的成員，並介紹。
5. 請同學規劃5個問句（例如：名字、家鄉、家裡幾個人、住哪裡等），並各自找3位同學詢問，活動之後，請同學介紹他剛認識的朋友。

好歌大家聽
歌手：NOAH
歌曲：Hidup Untukmu, Mati Tanpamu

E 好好玩

請從下列的印尼語中，找出家人的稱呼。

F Y
V B J H
H S O R S W
W Q S Y B N U V
Q P S R C B D P M J
C G A Y A H Y K Z B D J
W K A K A K L A K I L A K I
N I Z K A K E K I S T R I D Z S
J D K X Q W J B I B I O F A D I K W
Y H O H U K E L U A R G A T A N T E R M
O Y N E Y A N A K B U G M E R T U A K E
I O X Q Q M L B K L L I B U Z Y U D
B N K A K A K P E R E M P U A N
M E N A N T U S N E N E K O
P A M A N H E Q D D O C
P U I P N S B B X G
S U A M I Q C L
B A P A K W
U C O G
L S

不可不知的印知識

印尼的國慶日

印尼的國慶日是8月17日，所以幸運的話，在8月的某一個週六或週日的下午，可以看到各地方主要街道的盛大嘉年華遊行。例如在日惹的主要街道Jalan Malioboro的路邊，這一天從一大早就會站滿湊熱鬧的民眾，一家大小站在路邊靜靜等候，彷彿等待此盛況已久。

下午，節目開始，會有螺旋槳小飛機拉著祝賀獨立的布條飛過天際，紅白色的旗子，就算看不見上面寫的字，大概也猜得到是跟印尼的國慶有關。當地人攜家帶眷站在馬路兩旁引頸觀看許多遊行隊伍，像是軍人、女童軍、校園學生、美妝皇后、傳統神話人物、傳統舞蹈等等，每一個隊伍會走到街上的表演看台前，然後一一表演節目。讓人意外的是，還有華人的舞龍和舞獅（Barongsai），更是吸引眾人的目光。

由於人潮眾多，與會時不妨攜帶小板凳，比較容易攝影與拍照，最好的方法是先在觀眾席的舞台旁邊佔位置，因為遊行隊伍只會在此停下，做最精彩的演出。國慶日你會發現多元的印尼、見識到到處席地而坐的印尼人、以及看到小小的烤沙嗲（Sate）的攤販。儘管遊行會造成大約2到3小時的市區交通大停擺，但此大塞車卻沒有讓任何人的臉上露出不耐煩的神情，彷彿這只是一個平凡卻熱鬧的星期日。

你知道嗎？

走在印尼街頭，你一定會被一種街頭風景所吸引，那就是提著不同的樂器，沿著路或是店家吹奏音樂或唱歌的「街頭藝人」。這樣的「街頭藝人」，印尼語叫做pengamen，他們會在塞車的車陣中，走上巴士，快樂地彈奏或高歌一曲，希望大家打賞。由於這樣的人在印尼社會中實在太普遍，有些人不勝其擾，所以某些店家前面會張貼標語：Maaf, pengamen dilarang masuk.（對不起，唱遊藝人禁止進入。）希望給客戶清靜的空間。

Pelajaran 11

時間：

現在幾點鐘？

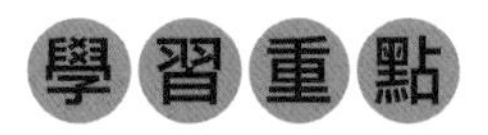

1. 學習時間的說法。
2. 學習說明一天的作息。
3. 學習連接詞saat / sewaktu / ketika（當）、介係詞pada（於）。
4. 學習疑問代名詞berapa lama（多久）。
5. 學習文法：幾點和幾個小時的問法、3點和3個小時的語順。

生活智慧

Waktu adalah uang.

時間就是金錢。

一 現在幾點鐘？ MP3-059

當詢問Jam berapa sekarang?（現在幾點鐘？）時，通常會有以下幾種不同的回答方式。

1. 各種不同的時段

- jam delapan pagi 早上8點
- jam tiga sore 下午3點
- jam tujuh malam 晚上7點
- jam tiga dini hari 凌晨3點
- jam dua belas siang 中午12點
- jam enam petang 傍晚6點
- jam dua belas tengah malam 半夜12點

2. 具體的幾點幾分

jam lima tepat
5點整

jam lima lebih / lewat
lima menit 5點5分

jam enam kurang
lima menit 5點55分

jam setengah lima
4點半

jam empat tiga puluh
menit 4點30分

jam tujuh lima belas
menit 7點15分

jam tujuh lebih lima
belas menit 7點15分

jam tujuh lebih
seperempat 7點一刻

jam sembilan empat
puluh lima 9點45分

jam sepuluh kurang
seperempat 9點45分

3. 模糊的時間表達

- pas jam lima 剛剛5點
- hampir jam tujuh 接近7點
- sekitar jam enam 差不多6點
  kira-kira jam enam 差不多6點
  kurang lebih jam enam 差不多6點
- belum jam empat 還沒到4點

重點生字！

pukul	鐘	tepat	準、準時	pagi	早上
jam	小時、鐘	lewat	晚、過	siang hari	中午
menit	分鐘	lebih	多、更	sore	下午
detik	秒	kurang	少、減	petang	傍晚
setengah	一半	seperempat	一刻	malam	晚上
sekitar	大概、附近	hampir	接近	tengah malam	半夜
kira-kira	差不多	pas	剛、剛好	dini hari	凌晨

例句：

- Jam berapa sekarang? 現在幾點？
  Sekarang jam empat. 現在4點。

- Biasanya kamu bangun jam berapa? 你通常幾點起床？
  Saya biasanya bangun pada jam enam pagi. 我通常早上6點起床。

petang是傍晚，但比較少用，大多用在正式場合，例如新聞標題等。

・Jam berapa kamu pergi tidur? 你幾點睡？
Kira-kira jam sepuluh. 差不多10點。

其他相關例句：

・Jam berapa mulainya? 幾點開始？
Jam tujuh malam. 晚上7點。

・Jam berapa kelas selesai? 課程幾點結束？
Sekitar jam sepuluh malam. 差不多晚上10點。

・Jam berapa berangkatnya? （你）幾點出發？
Jam tujuh pagi kita berangkat. 我們早上7點出發。

・Jam berapa tibanya? （你）幾點抵達？
Kurang lebih tiba jam enam. 差不多6點。

・Jam berapa siap? 幾點準備好？
Tidak tentu. 還不確定。

重點生字！

sekarang	現在	mulai	開始	tiba	抵達
bangun	起床	selesai	結束	siap	準備好
pada	於	berangkat	出發	tentu	確定、肯定

小提醒

1. biasanya是「通常」，字根biasa是「習慣、普通、一般」之意。
2. berangkatnya和tibanya的nya都是後綴，當作「強調」之用。

練習一下 1 請根據對話，從A、B、C、D選項中選出正確答案。

____1. Jam berapa sekarang?

A. Saya punya tiga anak.

B. Saya anak sulung.

C. Sekarang jam tujuh pagi.

D. Saya bangun pada jam sembilan.

____2. Kamu pergi ke kelas jam berapa?

A. Apakah ada orang di sini?

B. Saya punya dua orang adik laki-laki.

C. Jam 9 pagi.

D. Kurang baik.

____3. Biasanya kamu bangun jam berapa?

A. Biasayanya saya bangun jam delapan pagi.

B. Biasanya saya tidur jam sepuluh.

C. Itu bukan rumah saya.

D. Saya punya seorang anak.

____4. Biasanya kamu tidur jam berapa?

A. Saya belajar sendiri.

B. Biasanya saya tidur jam sebelas malam.

C. Umurnya empat tahun.

D. Untuk berjalan-jalan.

____5. Kamu mengerjakan PR jam berapa?

A. Bukan saya.

B. Lumayanlah.

C. Kira-kira jam sepuluh malam.

D. Dia paman saya.

二 關於時間的問法 MP3-060

關於時間，我們會有2種詢問的需要，一是問時間，二是問時間的長度，這2種問法在印尼語中非常重要。jam＋berapa＝幾點，berapa＋jam＝幾個小時，因此，「jam＋數字」是「幾點」的說法，例如jam satu（1點），而「數字＋jam」是「幾個小時」之意，jam形成「量詞」，代表「小時」。

1. Jam berapa?（幾點？）

・Sudah jam berapa? 已經幾點了？
Hampir jam tiga. 接近3點。

・Jam berapa kamu mau pergi? 你幾點要去？
Kira-kira jam setengah dua. 大概1點半。

2. Berapa jam?（幾個小時？）

・Berapa jam kamu sudah menunggu di sini? 你在這裡等多久了？
Sudah tiga jam. 已經3個小時。

・Kalau kereta api dari Jakarta ke Bandung, makan waktu berapa jam?
假設火車從雅加達到萬隆，需要幾個小時？
Kira-kira dua setengah jam. 差不多2個半小時。

3. berapa lama（多久）

・Makan waktu berapa lama? （需）耗費多久（時間）？
Sekitar satu jam. 差不多1個小時。

・Berapa lama dari sini ke sana? 從這裡到那裡要多久？
Kira-kira dua jam. 差不多2個小時。

練習一下 ❷ 請將下列對話翻譯成印尼語。

1. 現在幾點了？ 剛6點。

2. 你幾點要去市場？ 大概5點半。

3. 你通常幾點睡？ 我通常9點睡。

4. 需要耗費多久時間？ 大概3個半小時。

5. 你幾點要出發？ 大概2點半。

小提醒

1. 如果要問「幾分鐘」就用berapa menit，至於「幾秒」則是berapa detik或berapa saat，但是通常會用「多久」berapa lama。
2. makan有「吃」的意思，也有「耗費」的意思。
3. menunggu的字根是tunggu（等），加上動詞前綴men＋tunggu＝menunggu。
4. 表達「半點」，如果要用setengah來表示，語順是jam＋setengah＋下一個數字。例如：jam setengah dua是1點半。
5. 2個半小時的語順是數字＋setengah＋jam（量詞），即dua setengah jam。

連接詞saat / sewaktu / ketika（當）、介係詞pada（於）的用法

MP3-061

1. 連接詞saat / sewaktu / ketika（當）

「當」在印尼語中有很多字可以使用，其中包括sewaktu、ketika等。另外更常見的是saat，原意是「秒」的意思，但一般也習慣用作「當」。saat、sewaktu、ketika都可以放在句首，也可以放在句子的中間，用來連接2個句子。

例句：

- Dia sudah berangkat saat saya tiba.　當我到的時候，他已經出發了。
- Sewaktu saya sampai di rumah, ibu sudah tidur.
  當我到家的時候，媽媽已經睡了。
- Ketika saya bangun, ayah sudah pergi bekerja.
  當我起床時，爸爸已經去工作了。

2. 介係詞pada（於、在；*about*、*at*、*on*、*in*，用於時間、人、模糊的地點）

（1）用在時間、日期

- Saya bangun pada jam delapan.　我在8點起床。
- Kereta api tiba pada jam sembilan pagi.　火車在早上9點抵達。

（2）用在人、臉上、身上等（感情相關的介係詞）

- Saya cinta pada kamu.　我愛你。
- Ibu sayang pada anaknya.　媽媽疼愛他的小孩。
- Buku saya ada pada dia.　我的書在他那。

（3）用在模糊的地點

- Ayah bekerja pada pabrik baju di Bandung.　爸爸在萬隆的製衣廠工作。
- Kakak laki-laki saya bekerja pada dinas perdagangan.
  我哥哥在貿易單位工作。

練習一下 ❸ 請將下列句子翻譯為含有sewaktu / ketika（當）、pada（於）的印尼語。

1. 當我在辦公室，他已經到了。

2. 我通常在早上6點起床。

3. 當我先生回來時，我已經睡了。

4. 當我在吃飯時，姊姊已經回去了。

5. 他通常在早上8點到達辦公室。

6. 我愛我媽媽。

四 疑問代名詞berapa lama（多久）的用法

MP3-062

berapa（多少）這個疑問代名詞，除了在第9課已經說明過的用法之外，還可以加上不同的詞，變換成不同的問法。例如：berapa banyak（多少）、berapa panjang（多長）、berapa tinggi（多高）、berapa jauh（多遠）、berapa besar（多大）等。其中，本課要特別說明的是berapa lama（多久），如同英語的*how long*。berapa lama的lama有「久」、「舊」之意。

1. Berapa lama untuk sampai ke kantor?　多久會到辦公室？
2. Sudah berapa lama di Taipei?　在台北已經多久了？
3. Kamu mau tinggal berapa lama di sini?　你要在這裡住多久？
4. Berapa lama perjalanan dari Bandung ke Jakarta?
   從萬隆到雅加達的路程要多久？
5. Makan waktu berapa lama?　（需要）耗費多久時間？

練習一下 4 請將下列句子翻譯為含有berapa的印尼語。

1. 需要多久時間？
2. 有多少？
3. 你家多大？
4. 你的褲子多長？
5. 你已經在台北住多久？
6. 你幾歲？
7. 多久會到？
8. 要住多久？

Selamat kembali di Indonesia（歡迎回到印尼）

MP3-063

Irianto	: Selamat datang di Indonesia. Saya senang sekali Ibu selamat tiba di sini. Saya datang menjemput Ibu dengan mobil. Ayo kita pergi sekarang.	歡迎回到印尼。我很開心您安全抵達這裡。我用車子來接您。來吧！我們現在就走。
Juwita	: Yuk, dari bandara sampai rumah harus makan waktu berapa lama?	從機場到家要多少時間？
Irianto	: Kira-kira dua jam kalau lancar jalannya. Kebetulan sekarang jam lima sore, jam pulang kerja, jadi jalan mungkin macet.	差不多2個小時，如果路上順暢的話。剛好現在是下午5點，下班回家的時間，所以路上可能塞車。
Juwita	: Bagaimana dengan keluarga Anda? Baik-baik saja?	你的家人怎麼樣？都好嗎？
Irianto	: Ya. Baik-baik saja. Kalau Ibu?	是，都好，你呢？
Juwita	: Saya seperti biasa saja.	我跟平時一樣。

（Di dalam mobil）（在車子裡）

Irianto	: Anda berkuliah di mana?	你在哪裡唸書？
Juwita	: Di Universitas Indonesia.	在印尼大學。
Irianto	: Mahasiswanya kira-kira berapa orang?	大學生大概有幾人？
Juwita	: Kurang lebih 25.000 orang.	差不多2萬5千人。
Irianto	: Sudah berapa lama Ibu kuliah di sana?	您已經在那裡唸書多久了？
Juwita	: Sudah dua tahun.	已經2年了。
Irianto	: Biasanya Ibu bangun jam berapa?	你通常幾點起床？

Juwita	:	Biasanya saya bangun pada jam delapan pagi.	我通常早上8點起床。
Irianto	:	Berangkat ke sekolah jam berapa?	幾點出發去學校？
Juwita	:	Sekitar jam setengah sembilan pagi.	差不多早上8點半。
Irianto	:	Ibu jalan kaki ke kampus?	您走路去校園嗎？
Juwita	:	Ya. Saya jalan kaki kira-kira 30 menit. Kalau dengan mobil, sekitar 5 menit saja.	是的，走路去差不多30分鐘。如果用車子的話，大概5分鐘。

（Sudah tiba di rumah） （已經抵達家裡）

Irianto	:	Sudah tiba di rumah, Ibu.	女士，已經到家了。
Juwita	:	Hanya makan waktu satu setengah jam saja.	只耗費1個半小時而已。
Irianto	:	Ya, tidak macet.	是阿，沒有塞車。
Juwita	:	Terima kasih, Pak.	謝謝，先生。
Irianto	:	Sama-sama. Selamat kembali di Indonesia.	不客氣，歡迎回到印尼來。
Juwita	:	Saya senang sekali kembali di sini.	我很開心回到這裡來。

重點生字！

menjemput	接	kebetulan	剛好	mungkin	可能
kampus	校園	jalan kaki	走路	macet	塞車

練習一下 5 請閱讀「Selamat kembali di Indonesia（歡迎回到印尼）」並回答下列問題。

1. Kalau jalannya lancar, dari bandara sampai di rumah Juwita harus makan waktu berapa lama?

2. Juwita berkuliah di mana?

3. Sudah berapa lama dia berkuliah di sana?

4. Biasanya Juwita bangun jam berapa?

5. Bagaimana dia pergi ke sekolah?

6. Berapa lama untuk sampai kalau berjalan kaki ke sekolah?

六 短篇自我介紹 MP3-064

Nama saya Nisah. Saya mahasiswa Fakultas Hubungan Internasional, tingkat 3. Saya juga belajar bahasa Indonesia.

Di Bandung saya *ngekos* di apartemen. Biasanya saya bangun jam 7 pagi dan tidur jam 10 malam. Saya biasanya mandi dua kali sehari.

Dari tempat kos ke kampus, kalau naik sepeda, harus makan waktu kira-kira 40 menit. Kuliahnya di universitas mulai pada jam 9 pagi dan selesai pada jam 5 sore.

Orang tua saya tinggal di Bandung, Jawa Barat. Kota itu kurang lebih 150 kilometer dari Jakarta.

重點生字！

kos	借住、暫住	biasanya	一般、通常	Jawa Barat	西爪哇
hubungan	關係	internasional	國際	selesai	結束、完成

小提醒

1. 文章中的ngekos並不是正式的用法，而是在口語上習慣會在一些動詞前加上ng或nge，讓口語變得通順一些，nge是受到爪哇語的影響。
2. 「西」是barat，「東」是timur。「東爪哇」就叫做Jawa Timur。「中」是tengah，「中爪哇」就叫做Jawa Tengah。

練習一下 ❻ 請閱讀「六、短篇自我介紹」並翻譯成中文。

A 總整理

1. jam是代表「鐘點」和「小時」，pukul（鐘點）一般用在書面上。
2. jam berapa kamu＋動詞，可以用來詢問對方幾點要做什麼事。
3. 連接詞sewaktu / ketika（當），以及saat（當）可以交替使用。
4. 介係詞pada（於）可放在時間、人及模糊的地點前面。
5. 疑問代名詞berapa lama（多久），用來問時間的長度。
6. 學習文法：jam berapa（幾點）、berapa jam（幾個小時）、jam setengah tiga（2點半）、tiga setangah jam（3個半小時）。

開口說說看

Harus makan waktu berapa lama?　需要多少時間？

Sepanjang hari.　一整天。

學習總複習

請將下列對話翻譯成印尼語。

1. 現在幾點鐘？
   3點整。
2. 現在幾點鐘？
   5點半。
3. 你通常幾點起床？
   我通常早上7點起床。
4. 你幾點睡？
   差不多11點。
5. 印尼語課幾點開始？
   早上9點。
6. （你）幾點出發？
   差不多下午4點。
7. （需）耗費多久（時間）？
   2個小時。
8. 從這裡到那裡要多久？
   差不多3個小時。

印尼語加油站：

老師，4點半是jam setengah lima還是jam empat setengah？好混亂哦！

4點半，印尼語的說法是jam setengah lima，而jam empat setengah則是馬來語的說法。從半點的說法上，就可以發現這2個語言的差異哦！

你說，我聽

Sudah harus pulang, saya pamit dulu. 已經要回家了，我先告辭。

Apa yang terjadi? 發生了什麼事？

Enggak ada apa-apa, saya capek sekali. 沒有什麼事，我累極了。

C 文法真簡單

jam berapa（幾點）、berapa jam（幾個小時）的語順

1. jam berapa（幾點）

jam＋berapa → 幾點鐘

（1）某個時段的時間

jam＋ 數字 ＋時段（早上 / 中午 / 下午 / 晚上）

jam＋delapan＋malam

點 8 晚上 → 晚上8點

（2）幾點幾分

[jam＋數字]＋[數字＋menit]＋時段

點 分

jam delapan tiga puluh menit malam

8點 30分 晚上 → 晚上8點30分

（3）半點

jam＋setengah＋數字（多加一、下一個整點）

jam＋setengah＋sembilan → Jam setengah sembilan

點 半 9 → 8點半

小提醒

1. 印尼語中的半點比較特別，使用setengah（一半），並以下一個整點為數字。例如例句中的jam setengah sembilan是8點半（sembilan是9）。
2. 半點也可以用幾分幾秒來表示，例如：8點半可以說成jam delapan tiga puluh menit或者jam delapan tiga puluh。

2. berapa jam（幾個小時）

berapa＋jam → 幾個小時

這樣的語順berapa＋jam形成「幾個小時」之意，jam變成量詞「小時」。

（1）1個小時

・Berapa jam dari sini ke sana? 從這裡到那裡要幾個小時？
Satu jam. 1小時。

作為回答，則是數字＋jam。

數字＋jam
satu＋jam → satu jam
1 小時 → 1（個）小時

（2）1個半小時

數字＋setengah＋jam
satu＋setengah＋jam → satu setengah jam
1 半 小時 → 1個半小時

你說什麼呀！？

A：Gw demen baju kebaya nih. 我很喜歡格芭雅服。
B：Loe beli baju kebaya ini harganya berapa? 你買這衣服多少錢？
A：Cuman 6.000 Rupiah doang. 才6千印尼盾而已。
B：Wah, murah dong! 哇！很便宜耶！

* demen＝suka（喜歡；口語）、cuman＝hanya（只是；口語）、doang（只是；口語）、dong為語氣詞（拜託時、客氣時）。

D 課堂活動：你幾點起床？去市場！

1. 複習數字：請同學背誦1～12、20、100等數字。
   （1）詢問電話號碼、年齡、爸媽的年齡等。
   （2）詢問現在的時間，並用各種模糊的時間表達。
2. 請同學述說一天的作息，包括：bangun（起床）、makan pagi（吃早餐）、pergi ke kelas（去上課）、makan siang（吃午餐）、bekerja（工作）、berolah raga（運動）、mengerjakan PR（做回家作業）、menonton TV（看電視）、mandi（洗澡）等。
   同學A：Biasanya kamu bangun jam berapa?　你通常幾點起床？
   同學B：Saya biasanya bangun jam tujuh pagi.　我通常早上7點起床。
3. 小市場：複習物品、價格、詢問價錢。
   （1）請部分同學準備5張紙，畫出學過的物品，並寫上價格。（老師可幫助同學學一些新的單字）
   （2）把教室當作市場，一些同學充當客戶到市場去買東西，跟攤販聊天並殺價。每個同學最少買3件物品回來。
   （3）向班上同學介紹他買的東西。
4. 複習相關問句，如：Ini apa?（這是什麼？）Ini berapa?（這多少？）Bisa kurang sedikit?（可以便宜一點嗎？）Kalau..., gimana?（如果……怎麼樣？）等。
5. 單字接龍：將學生分成好幾組，一組不超過5人，每人輪流寫1個單字，而下一個人的單字的字首必須和上一個人的單字字尾相同，看哪一組寫最多單字。例如：api、ibu、ular、rumah、hati、ikan、nasi、itu、udang……。

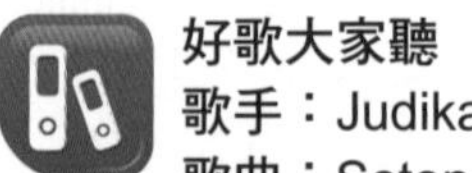

好歌大家聽
歌手：Judika
歌曲：Setengah Mati Merindu

E 好好玩

請回答下列問題。

Jam berapa sekarang?

1. ______________

2. ______________

3. ______________

4. ______________

5. ______________

6. ______________

7. ______________

8. ______________

9. ______________

你知道嗎？

關於印尼的3個時區

印尼有3個時區，即西部時區（WIB）、中部時區（WITA）、東部時區（WIT）。首都雅加達位於西部時區，時間比台北晚1小時；峇里島位於中部時區，時間與台北相同。

WIB＝Waktu Indonesia Barat，包括蘇門答臘（Sumatra）、爪哇（Jawa）、加里曼丹（Kalimantan）等。

WITA＝Waktu Indonesia Tengah，包括努紗登加拉（Nusa Tenggara）、蘇拉威西（Sulawesi）等。

WIT＝Waktu Indonesia Timur，包括馬魯古（Maluku）、巴布亞（Papua）等。

不可不知的印知識

Kiblat（朝拜的方向）

在印尼一些國際飯店裡，躺在床上時，會發現天花板上有個箭頭，你有想過那箭頭是什麼意思、又是指向何方嗎？曾經有人說是指逃生的方向，也有人說是飯店早餐的位置。但其實2個答案都不是，那是特別設置讓穆斯林可以朝拜的方向。

穆斯林每日須朝拜5次，而朝拜固定是往「卡巴天房」（al-Kaʿbah）的方向。卡巴天房在印尼語中稱做Kakbah，是一座立方體的建築物，位於伊斯蘭教聖城麥加（Mekah）的禁寺內，伊斯蘭傳統認為卡巴天房是天堂的建築——「天使崇拜真主之處」。而為了讓穆斯林知道朝拜的方向，所以在印尼很多國際飯店房間內的天花板，都會看到一個箭頭，那就是指向卡巴天房，簡單說就是指向麥加。有時候，箭頭上面還會明白寫著Kiblat，意思就是「卡巴天房的方向」。

穆斯林在一天5次的朝拜或祈禱中，各有名稱。印尼語中，每日祈禱叫做Waktu Salat或Waktu Sholat。而5個時間，即晨禮（Subuh）、晌禮（Zuhur）、晡禮（Asar）、昏禮（Magrib）、宵禮（Isya）。如果在印尼、馬來西亞或汶萊，就會在這5個時段聽到從清真寺傳來的陣陣誦經的聲音，形成當地相當特別的聲音風景。有機會的話可以去親自感受一下，在清幽遼闊的稻田中，太陽還沒升起，陣陣優美的誦經聲就劃破天際，一天的生活於焉展開。

Pelajaran 12

星期、天、月、年：

今天星期幾？

學習重點

1. 學習星期、天、月、年的說法。
2. 學習分辨幾天、星期幾、幾號；月份、幾個月；年份、幾年的不同問法。
3. 學習時態助動詞sudah（已經）、sedang（正在）、akan（將要）、masih（還）。
4. 學習疑問代名詞kapan（何時）。
5. 學習文法：關於日期和時間的問法。

生活智慧

Di mana bumi dipijak,
di situ langit dijunjung.
入境隨俗。

今天星期幾？ MP3-065

在印尼語的日常生活溝通當中，星期幾和日期非常重要，假設要約時間、訂飯店等，都需要用這些來說明。

1. hari（日）、minggu（星期）、bulan（月）、tahun（年）

印尼語的日子相關表達

hari	天、日	minggu	週、星期、禮拜	bulan	月
tahun	年	Senin	星期一	Selasa	星期二
Rabu	星期三	Kamis	星期四	Jumat	星期五
Sabtu	星期六	Minggu	星期日	kemarin	昨天
hari ini	今天	besok	明天	kemarin dulu	前天
lusa	後天	semalam	昨晚	pagi ini	今早
kemarin pagi	昨天早上	kemarin sore	昨天下午	lusa malam	後天晚上
Sabtu malam	星期六晚上	besok pagi	明天早上	besok siang	明天中午
besok malam	明天晚上	tanggal	日期	minggu lalu	上星期
minggu depan	下星期	bulan lalu	上個月	bulan depan	下個月
tahun lalu	去年	tahun depan	明年	setiap hari	每天

例句：

（1）Hari ini hari apa? Besok hari apa? 今天星期幾？明天星期幾？
Hari ini hari Senin. Besok hari Selasa. 今天星期一。明天星期二。

（2）Hari ini tanggal berapa? 今天是幾號？
Hari ini tanggal lima. 今天是5號。

（3）Bulan ini bulan apa? 這個月是幾月？
Bulan ini bulan November. Bulan ini bulan sebelas. 這個月是11月。

（4）Tahun ini tahun berapa? 今年是幾年？
Tahun ini tahun dua ribu lima belas. 今年是2015年。

其他例句：

（1）Kapan ulang tahun kamu? 你的生日何時？
Ulang tahun saya pada tanggal dua puluh satu Agustus.
我的生日在8月21日。

（2）Sudah berapa lama di Taiwan? 在台灣多久了？
Sudah dua minggu. 已經2個禮拜。

（3）Kamu mau pergi ke mana besok? 明天你要去哪裡？
Saya mau pergi ke pasar malam besok. 明天我要去夜市。

（4）Katanya ibu besok mau ke Bali? 聽說你明天要去峇里島？
Ya, rencananya berangkat besok malam. 是的，計劃明天晚上出發。

（5）Kapan kamu akan berangkat ke Indonesia? 你何時會出發到印尼？
Rencananya minggu depan. 預計下禮拜。

（6）Kamu akan melakukan apa pada Sabtu malam? 你星期六晚上會做什麼事？
Biasanya saya pergi berjalan-jalan. 通常我會去走走。

重點生字！

Januari	1月	Februari	2月	Maret	3月
April	4月	Mei	5月	Juni	6月
Juli	7月	Agustus	8月	September	9月
Oktober	10月	November	11月	Desember	12月

小提醒

1. 在口語上，bulan（月份）雖然是跟著英語的拼音，但另外也可以用bulan satu（1月）、bulan dua（2月）等來表示。
2. Minggu是星期天，因為是專屬名詞，所以第一個字母需要大寫。而minggu指的是星期，所以不需要大寫。
3. 「前天」也可以用kemarin lusa。
4. 一般印尼人會用besok（明天）代表未來，所以2天後或是更久以後的時間，都可能會用besok來表示。也會用kemarin（昨天）來表示過去的時間，但不一定是指「昨天」。
5. 年份和日期用berapa（多少）來問，而月份用apa（什麼）來問。

練習一下 1 請閱讀下列會話並回答問題。

Sefi mengajak teman-teman kosnya ke pasar malam.

Sefi : Nisah, ayuk ke pasar malam sama saya.

Nisah : Kapan?

Sefi : Nanti malam, sekitar jam sembilan.

Nisah : Boleh.

Sefi : Itu Stefani. Stef, bagaimana kalau ikut kami ke pasar malam nanti malam?

Stefani : Aduh, maaf ya, aku harus belajar. Besok ada ujian.

Sefi : Bagaimana kalau besok malam?

Stefani : Besok malam boleh. Jam berapa?

Sefi : Bagaimana kalau kita pergi jam delapan?

Nisah : Kalau jam delapan aku bisa.

Stefani : Aku juga bisa.

Sefi : Kalau begitu, sampai besok ya.

1. Sefi mengajak Nisah dan Stefani ke mana?

2. Jam berapa mereka akan pergi ke pasar malam?

3. Mengapa Stefani tidak bisa ke pasar malam?

* mengajak（邀請）、ujian（考試）、mengapa（為什麼）。

關於「日」、「月」、「年」的問法與回答

MP3-066

如同時間的問法，疑問代名詞的位置可以決定你要問什麼問題。例如：tanggal berapa用來問日期（幾號），hari apa用來問星期幾，berapa hari用來問幾天。而bulan apa用來問月份，tahun berapa用來問年份，berapa tahun用來問時間的長度：幾年（量詞）或歲數。

1. Tanggal berapa?（幾號？）VS. Hari apa?（星期幾？）VS. Berapa hari?（幾天？）

（1）Tanggal berapa?（幾號？）

・Hari ini tanggal berapa? 今天幾號？

Hari ini tanggal tiga. 今天3號。

（2）Hari apa?（星期幾？）

・Hari ini hari apa? 今天星期幾？

Hari ini hari Sabtu. 今天星期六。

（3）Berapa hari?（幾天？）

・Sudah berapa hari kamu tinggal di sini? 在這裡住幾天了？

Sudah tiga hari. 已經3天了。

2. Bulan apa?（幾月？）VS. Berapa bulan?（幾個月？）

（1）Bulan apa?（幾月？）

・Sekarang bulan apa? 現在是幾月？

Sekarang bulan Maret. 現在是3月。

（2）Berapa bulan?（幾個月？）

・Sudah berapa bulan tinggal di sini? 在這裡住了幾個月？

Sudah tiga bulan. 已經3個月。

3. Tahun berapa?（年份？）VS. Berapa tahun?（幾年？）

（1）Tahun berapa?（什麼年份？）

- Tahun ini tahun berapa? 今年是幾年？
  Tahun ini tahun dua ribu lima belas. 今年是2015年。

（2）Berapa tahun?（幾年？/ 幾歲？）

- Sudah berapa tahun tinggal di sini? 在這裡住幾年了？
  Sudah dua tahun. 已經2年。

- Umurnya berapa? 幾歲？
  Umurnya dua tahun. 2歲。

4. 幾天前、幾天後、接著的幾天

（1）...hari lalu（……天前；......*days ago*）

- Tiga hari lalu, saya datang ke rumah kamu tapi kamu tidak ada di rumah.
  3天前，我到你家但是你不在家。

（2）...hari kemudian（……天後；*after......days*）

- Tiga hari kemudian, saya masih merasa sakit.
  3天後，我仍然覺得痛。

（3）...hari berikutnya（接著的……天；*the next ......days*）

- Saya akan tinggal di rumahnya dalam tiga hari berikutnya.
  未來的3天，我將會住在他的家。

練習一下 ❷ 請將下列對話翻譯成印尼語。

1. 已經住在台灣幾年了？

   已經3年。

2. 明天星期幾？

   明天星期天。

3. 現在是幾月？

   現在是7月。

4. 你何時要出發去印尼？

   2個禮拜後。

5. 3天前，你在哪裡？

   3天前，我去夜市。

時態助動詞sudah（已經）、sedang（正在）、akan（將要）、masih（還） MP3-067

印尼語的時態助動詞很簡單，主要是將sudah（已經）、sedang（正在）、akan（將要）、masih（還）放置於動詞前，則可形成時態。

1. sudah（已經）

表示「已經發生過的事情」以及「還在進行中的事情」。

- Saya sudah makan tadi.　我剛才吃過了。
- Kakek sudah tua.　爺爺已經老了。

2. sedang（正在）

表示「某些事情正在進行中」。

- Saya sedang makan sekarang.　我現在正在吃。
- Kami sedang menanti kedatangan kereta api.　我們正在等火車的到來。

3. akan（將要）

表示「未來會發生的事情」、「可能會產生的狀況」、「未來會進行的事」。

- Saya akan makan nanti.　我待會兒將會吃。
- Dia akan senang hati kalau bertemu dengan kamu.　他應該會開心見到你。
- Ibu akan masak kalau saya pulang.　如果我回去，我媽會煮。

4. masih（還）

表示「正在、還在進行中」，通常會搭配其他的單字，例如masih ada（還有）、masih belum（還沒）。

- Saya masih makan.　我還在吃。
- Masih ada kamar kosong?　還有空房間嗎？

練習一下 3 請將下列句子翻譯為含有sudah、sedang、akan、masih的印尼語。

1. 我明天早上將會去辦公室。

2. 你吃過了嗎？

3. 我正在學習印尼語。

4. 當我在睡覺時，他已經回去了。

5. 他2個禮拜後會出發到美國。

6. 你星期日晚上會做什麼事？

小提醒

1. tadi是「剛才」，sekarang是「現在」，nanti是「待會兒」。nanti也有「等」的意思，而menanti就是「等」，meN-是動詞前綴，加在nanti前面，形成動詞。相關動詞前綴meN-的詳細內容，請見第二冊第200頁。
2. sedang也可用tengah（中）、lagi（正在）來取代，特別是「lagi」在口語中很常見，像是Lagi apa?（正在做什麼？）、lagi makan（正在吃）、tengah makan（正在吃著中）。但要注意lagi在動詞後面就有「再」的意思。
3. sudah（已經）的相反詞是belum（還沒），而akan（將要）的否定詞是直接加上tidak（不），如tidak akan（將不會）。
4. sudah有個同義詞telah，這2個字可以交替使用。

四 疑問代名詞kapan（何時）的用法 MP3-068

kapan（何時）是用來問時間、時段等，也可以用bila或bilamana取代。回答的方式可以用具體的時間來回答，也可以用模糊的時段來回答。要注意，kapan是疑問代名詞，雖然相當於英文的*when*，但是kapan並沒有連接詞「當」的意思。印尼語的連接詞「當」的相關說明在第228頁。

例句：

1. Kapan ayah akan datang? 爸爸何時會來？
   Minggu depan. 下禮拜。
   Sekitar jam dua sore. 大約下午2點。
   Sore nanti. 等一下的下午。

2. Kapan kelas bahasa Indonesia mulai? 印尼語課何時開始？
   Tanggal dua Maret. 3月2號。
   Jam sembilan pagi. 早上9點。
   Pukul 08.30 WIT. 東部時間8點半。

3. Kapan hal ini terjadi? 這件事何時發生？
   Tadi malam. 剛才的晚上。
   Dua minggu lalu. 2個禮拜前。
   Enam hari yang lalu. 6天前。

4. Kapan mau pulang? 何時要回去？
   Kapan saja. 隨時。

練習一下 ④ 請將下列句子翻譯為含有kapan的印尼語。

1. 你的生日何時？
2. 你何時會到？
3. 他何時會出發？
4. 你何時要去醫院？
5. 何時要回去？
6. 隨時。
7. 你何時要去印尼？
8. 何時可以再去？

五 Selamat Datang di Taiwan（歡迎來台灣）

MP3-069

Salam sejahtera dan selamat datang di Taiwan. Nama saya Irianto, saya biasa dipanggil Toto. Saya orang Indonesia yang bekerja di Taiwan saat ini. Saya datang ke Taiwan untuk bekerja tiga tahun yang lalu. Saat ini saya bekerja di sebuah perusahaan yang terletak di kota Taipei Baru.

Saya sudah berumur dua puluh delapan tahun dan saya sudah berkeluarga. Saya menikah dengan istri saya tujuh tahun yang lalu. Istri saya, namanya Nisah, seorang guru di SMP. Dia mengajar bahasa Inggris dan Sejarah. Saya punya dua anak, seorang anak laki-laki dan seorang anak perempuan. Mereka sekarang belajar di sekolah dasar. Anak laki-laki saya berumur enam tahun dan anak perempuan saya berumur lima tahun. Istri saya sedang belajar bahasa Mandarin supaya bisa datang ke Taiwan suatu hari nanti.

Sudah tiga tahun saya bekerja di Taiwan. Setiap hari Minggu, saya akan pergi ke Stasiun Kereta Api Taipei untuk bertemu dengan teman saya yang juga berasal dari Indonesia. Kami akan berbicara dalam bahasa Indonesia, bahasa Sunda atau bahasa Jawa, bahasa apa saja yang kami bisa. Saya sudah lama di Taiwan tapi belum lancar bahasa Mandarin saya. Jadi, setiap dua minggu saya hadir di kelas bahasa Mandarin untuk belajar bahasa Mandarin. Saya berharap suatu hari nanti bisa berbicara dalam bahasa Mandarin dengan orang Taiwan.

Saya berencana untuk pulang ke rumah dua bulan kemudian. Dengan itu, saya merasa senang sekali.

重點生字！

sejahtera	昌盛、繁榮	sejarah	歷史	hadir	出席
dipanggil	被稱做	suatu	某一	berharap	希望
saat ini	現在	stasiun	車站	merasa	感覺

* salam sejahtera是一個特定的問候，類似英語的*best wishes*。比較常出現在正式場合。

中文翻譯：

送上最美好的祝福給各位以及歡迎來到台灣。我的名字是Irianto，可以叫我Toto。我是現在在台灣工作的印尼人。我3年前為了工作來台灣。現在我在一家位於新北市的公司上班。

我已經28歲了，也已經成家。我跟太太在7年前結婚。我的太太，名叫Nisah，是一位在國中教書的老師。她教英語和歷史。我有2個小孩，1個兒子、1個女兒。他們現在在小學唸書。我的兒子6歲，我的女兒5歲。我的太太正在學習中文，以便未來的某一天可以來台灣。

我已經在台灣工作3年。每個星期日，我會到台北車站跟一樣來自印尼的朋友見面。我們會用印尼語、巽他語、爪哇語等任何我們會的語言聊天。我已經在台灣很久了，但是我的中文還沒有很流利。所以，每兩個星期，我會出席中文課學習中文。我希望未來某一天我可以用中文跟台灣人說話。

我計劃在2個月後回家。因為這樣，我覺得很開心。

練習一下 5 請閱讀「Selamat Datang di Taiwan（歡迎來台灣）」並回答下列問題。

1. Toto dari mana?

2. Dia bekerja di mana sekarang?

3. Apakah Toto sudah menikah?

4. Berapa umur Toto?

5. Apakah Toto punya anak? Berapa orang?

6. Sudah berapa lama Toto bekerja di Taiwan?

開口說說看

Assalam ualaikum!　你好。（穆斯林見面的問候語）

Wa alaikum salam!　你好。（回應）

總整理

1. 時間相關的名詞有：tanggal（日期）、hari（星期幾）、bulan（月份）、tahun（年份）。
2. 詢問時間相關的問句有：tanggal berapa（日期幾號）、hari apa（星期幾）、bulan apa（幾月）、tahun berapa（什麼年份）。
3. 年份的說法，需要用千位數來唸。寫法是tanggal＋bulan＋tahun → tanggal 20 bulan Maret tahun 2014（2014年3月20日）。
4. bulan（月份）雖然是跟著英語的說法（例如Januari），但另外也可以用bulan satu（1月）、bulan dua（2月）等來表示。
5. 時態助動詞sudah（已經）、sedang（正在）、akan（將要），形成印尼語的過去式、現在式與未來式。
6. 疑問代名詞kapan（何時），用來問時間、時段。
7. 學習文法：星期、月份、年份和幾天、幾個月、幾年（幾歲）的語順。

印尼語加油站：

學習總複習

請將下列對話翻譯成印尼語。

1. 今天星期幾？　　星期三。

2. 明天你要去哪裡？　　明天我要去辦公室。

3. 你何時要去印尼？　　下禮拜或2個禮拜後。

4. 今天是幾號？　　今天20號。

5. 你的生日何時？　　我的生日在8月1日。

6. 在這裡住幾天了？　　已經4天了。

7. 現在是幾月？　　現在是3月。

8. 在這裡住幾年了？　　已經3年了。

你說，我聽

Maaf, saya salah dengar.　抱歉，我聽錯了。

Maaf, saya salah paham.　抱歉，我誤會了。

Maaf, saya tidak sengaja.　抱歉，我不是故意的。

C 文法真簡單

Tanggal berapa?（幾號？） VS. Hari apa?（星期幾？） VS. Berapa hari?（幾天？）

問幾號、星期幾和要住幾天，都是相關的幾個字，只有語順不一樣。如果語順相反，可能就會造成誤解。

1. Tanggal berapa?（幾號？） VS. Hari apa?（星期幾？） VS. Berapa hari?（幾天？）

（1）Tanggal berapa?（幾號？）

日期（幾號）需要用berapa（多少）來問，並放在tanggal的後面。

tanggal ＋數字

tanggal ＋tiga → tanggal tiga

日期（號） 3 → 3號

・Hari ini tanggal berapa? 今天幾號？

Hari ini tanggal tiga. 今天3號。

（2）Hari apa?（星期幾？）

星期幾用hari來問，而且後面必須接apa。

hari ＋星期

hari ＋Rabu → hari Rabu

天（星期） 三 → 星期三

・Hari ini hari apa? 今天星期幾？

Hari ini hari Rabu. 今天星期三。

（3）Berapa hari?（幾天？）

如果要問「需要幾天」、「需要多久」等，可以用berapa lama或具體一點的berapa hari來問。

數字＋hari

tiga ＋hari → tiga hari

3　　天 → 　3天

・Sudah berapa hari kamu tinggal di sini?　在這裡住幾天了？

Sudah tiga hari.　已經3天了。

2. Bulan apa?（幾月？ / 什麼月份？） VS. Berapa bulan?（幾個月？）

（1）Bulan apa?（幾月？/ 什麼月份？）

詢問現在是幾月，中文用「幾」，但印尼語要用apa（什麼月份）來問。

bulan＋月份名稱（數字）

bulan＋Maret → bulan Maret

bulan＋ tiga → bulan tiga

月份　　3 → 　3月

・Sekarang bulan apa?　現在是幾月？

Sekarang bulan Maret.　現在是3月。

Sekarang bulan tiga.　現在是3月。

（2）Berapa bulan?（幾個月？）

當詢問「需要幾個月」或「已經幾個月」時，要用berapa，並且放在bulan的前面，這時候把bulan當作量詞「……個月」。

數字＋bulan

tiga＋bulan → tiga bulan

3　　月 → 3個月

・Sudah berapa bulan tinggal di sini?　在這裡住了幾個月？

Sudah tiga bulan.　已經3個月。

3. Tahun berapa?（年份？） VS. Berapa tahun?（幾年？）

（1）Tahun berapa?（什麼年份？）

詢問什麼年份時，必須要用berapa，並且放在tahun（年）的後面。

tahun＋數字

tahun＋dua ribu lima belas → tahun 2015

年 2015 → 2015年

・Tahun ini tahun berapa? 今年是什麼年？

Tahun ini tahun dua ribu lima belas. 今年是2015年。

（2）Berapa tahun?（幾年？／幾歲？）

詢問「住幾年了」或「幾歲了」時，都可以用tahun，berapa放在tahun的前面，使tahun變成量詞「……年、……歲」。

數字＋tahun

tiga ＋tahun → tiga tahun

3 年（歲）→ 3年（歲）

・Sudah berapa tahun tinggal di sini? 在這裡住幾年了？

Sudah tiga tahun. 已經3年了。

・Umurnya berapa? 幾歲？

Umurnya tiga tahun. 3歲。

小提醒

1. tgl.是tanggal的縮寫。
2. 如果唸年份的話，正式的唸法是用千位數來唸，例如tahun seribu sembilan ratus sembilan puluh lima（1995年），非正式的唸法可以用類似英語的唸法，例如sembilan belas sembilan puluh lima（*nineteen ninety five*），但是不能單獨唸數字。

印尼語關於日期和時間的問法

項目	時間性問法		時間長度問法	
時間	Jam berapa?	幾點？	Berapa jam?	幾小時？
	Jam tiga.	3點。	Tiga jam.	3小時。
星期 / 天數	Hari apa?	星期幾？	Berapa hari?	幾天？
	Hari Rabu.	星期三。	Tiga hari.	3天。
	Tanggal berapa?	幾號？		
	Tanggal tiga.	3號。		
月份 / 月數	Bulan apa?	幾月？	Berapa bulan?	幾個月？
	Bulan Maret.	3月。	Tiga bulan.	3個月。
年份 / 歲數	Tahun berapa?	什麼年份？	Berapa tahun?	幾年？
	Tahun 2015.	2015年。	Tiga tahun.	3年。

4. 日期的格式

印尼語的日期寫法，剛好跟中文相反。

日期的寫法是：tanggal＋數字＋月份＋tahun＋數字

例如：

1995年3月10日

tanggal 10 Maret tahun 1995

tgl. 10 Maret, 1995

你說什麼呀！？

Ayo, kita pulang bareng!　來吧，我們一起回去。

Tadi gw datang bareng sama dia.　我剛跟他一起來。

Siapa? Gw ga tau namanya.　誰？我不知道他的名字。

* bareng＝bersama（一起；口語）、sama（一起；口語）。

課堂活動：明天你要做什麼？

1. 複習疑問代名詞：由老師提問，將所有教過的疑問代名詞複習一遍。

   例句：Apa kabar? Hari ini hari apa? Kamu mau lakukan apa besok?

   Nama kamu siapa? Dia siapa? Siapa ada di rumah sekarang?

   Kamu tinggal di mana? Rumah kamu di mana?

   Kamu datang dari mana?

   Kamu mau pergi ke mana?

   Sudah berapa lama kamu belajar bahasa Indonesia?

   Baju ini harganya berapa?

   Rumah kamu berapa besarnya?

   Jam berapa sekarang?

   Kapan kamu akan berangkat ke kantor?

   Bagaimana dengan pekerjaan kamu?

2. 單字量大爆發：將學生分成好幾組，一組不超過5人。每人輪流寫一個單字，在3分鐘內看哪一組的字最多。還可以增加趣味性，像是：只能寫兩個音節的字，例如：apa（什麼）。或者只能寫三個音節的字，例如：selamat（祝福）。

3. 請同學列出這星期的活動，兩個人一組，問對方每天的行程。例如：belajar untuk ujian（為測驗複習）、berenang dengan teman（跟朋友游泳）、mengerjakan proyek（做報告）、ke pantai dengan pacar（跟情人去海邊）等。

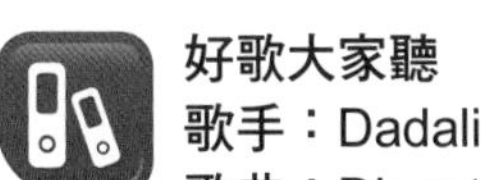

E 好好玩

請根據下列的印尼語拼出正確的印尼文字。

1. imseblna
2. arepmpeun
3. etmair akihs
4. rtakee ipa
5. hruam kaits
6. ealanc ngaanjp
7. ombil
8. ndaisoine
9. tiwaan
10. ntuah

你知道嗎？

很多人會覺得印尼語的星期一到星期日很難記，畢竟中文是一、二、三，看起來似乎比較簡單。但是你知道嗎？印尼語的Senin、Selasa、Rabu、Kamis、Jumat、Sabtu跟阿拉伯語是一樣的，也就是說，印尼語採用了阿拉伯語「星期」的說法。Minggu（星期天）還有另一個說法是Ahad，也跟阿拉伯語一樣。所以，如果有機會遇到阿拉伯人，不妨互相交流一下喔！

不可不知的印知識

克里穆圖山上的三色湖

克里穆圖山（Gunung Kelimutu）是印尼弗洛勒斯島（Pulau Flores）中部摩尼（Moni）鎮附近的一座火山，且最高處形成了三面顏色各異的火口湖，簡稱為三色湖。這三座緊挨著的火山湖，最特別的地方是每座湖的湖水都有不同的顏色，而且根據氣候、季節、溫度等還會產生不同顏色的變化。所以每一個人看到的，可說是獨一無二的三色湖。

每座湖在當地都有特別的名稱：離得最遠的叫做老人湖（Tiwu Ata Mbupu），而兩個相連的湖叫做情侶湖（Nuwa Muri KooFai）和魔力湖（Tiwu Ata Polo）。三色湖最常見到的顏色是深綠色、淺綠色和黑色。從遠處望去，三色湖就像是上天的調色盤，因為湖水的顏色飽滿、湖面上平靜、感覺黏稠，就如同調色盤上的色塊一樣。根據當地語言，keli是「山」、mutu是「沸騰」，如同「沸騰的山」。因此，當地人對於克里穆圖山有著絕高的景仰，深信克里穆圖山上有著巨大的魔力。就連5千印尼盾的紙幣上，畫著的就是三色湖的景色。

三色湖的日出景色極為美麗，因此遊客大多會在摩尼鎮附近找住宿地點，為的就是能在隔天清晨就出發去山上。但由於克里穆圖山有管制，清晨5點才可進入，建議可在清晨大約4點出發，租機車騎往克里穆圖山。海拔高度大約有1600公尺，清晨溫度較低，最好帶個外套保暖。我們去的時候，住宿地點距離登山口大約15公里，騎車差不多45分鐘。入山費用外國人是2萬5千印尼盾（大約台幣65元），按照規定，如果有帶單眼相機還需要多付5萬印尼盾（約台幣130元）。進入山區之後，沿著步道走大約10分鐘，就可以到其中兩個湖，在那裡等待太陽升起，美麗而神祕的三色湖就在你眼前！

附錄

附錄 1 Kata Depan（介係詞）總複習

1. di「在、於」，是表示空間的介係詞

Saya tinggal di Jakarta. 我住在雅加達。

2. ke「去」，表示去向、方向的介係詞

Bapak Denni mau pergi ke kantor. 丹尼先生要去辦公室。

3. dari「來自、從」（用於時間、方向、地點）、「由什麼原料製成」

（1）表示「來自、從」，用於時間、方向、地點

Saya datang dari Taiwan. 我來自台灣。

Dia bekerja dari pagi sampai malam. 他從早到晚在工作。

（2）表示「由什麼原料製成」

Kain ini terbuat dari sutera. 這布是由絲綢做的。

4. dalam 表示「在裡面」、「在某個事件或狀況裡」、「時間的長度」

（1）表示「在裡面」

Jangan bermain di dalam kelas. 不在教室裡面玩。

（2）表示「在某個事件或狀況裡」

Dalam perjalanan ke Eropa, kami singgah di Abu Dhabi.
在往歐洲的路上，我們在阿布達比停留。

（3）表示「時間的長度」

Saya akan tamat SMA dalam waktu dua tahun. 我在2年內會高中畢業。

5. pada「於、在」（用於時間、人、模糊的地點）

（1）用在時間、日期

Saya bangun pada jam delapan. 我在8點起床。

（2）用在人、臉上、身上等

Saya cinta pada kamu. 我愛你。

（3）用在模糊的地點

Ayah bekerja pada pabrik baju di Bandung. 爸爸在萬隆的製衣廠工作。

練習一下 填上適當的介係詞。

1. Saya bekerja _______ perusahaan _______ Nei Hu.
2. Ibu mau pergi _______ pasar.
3. Dia capek karena bekerja _______ jam enam pagi sampai sekarang.
4. Bapak suka pergi _______ berjalan-jalan.
5. Sudah _______ dua tahun saya tinggal di Taiwan.
6. Kakek saya suka berjalan-jalan _______ sekitar sini.
7. Ibu sayang _______ anaknya.
8. Saya berasal _______ Taipei, tetapi sekarang saya tinggal _______ Surabaya.
9. _______ mana ada buah-buahan yang manis?
10. Ayah biasanya tidur _______ jam sebelas malam.
11. _______ mana kamu berasal?
12. Pulang _______ mana?
13. Ayam akan masak _______ waktu dua jam.
14. _______ sini bisa pergi _______ Bandung.
15. Saya biasanya bangun _______ jam delapan pagi.
16. Ibu mau pergi _______ pasar pagi.
17. Mau _______ mana?
18. Kakak laki-laki saya bekerja _______ dinas perdagangan.
19. Teman saya suka menyanyi _______ kelas.
20. Saya pergi _______ berbelanja bersama teman minggu lalu.

附錄 2 Kata Tanya（疑問代名詞）總複習

常用疑問代名詞：

疑問代名詞	例句		詳細內容
1. siapa 誰	Nama kamu siapa? Dia siapa?	你的名字是什麼？ 他是誰？	第4課
2. apa 什麼	Ini apa? Kamu mau makan apa?	這是什麼？ 你要吃什麼？	第5課
3. apakah 是否……嗎	Apakah kamu orang Taiwan? Apakah ada nasi goreng di sini?	你是台灣人嗎？ 這裡是否有炒飯？	第5課
4. di mana 在哪裡	Rumah kamu di mana? WC di mana?	你家在哪裡？ 廁所在哪裡？	第6課
5. ke mana 去哪裡	Mau ke mana? Dia pergi ke mana?	要去哪裡？ 他去哪裡？	第7課
6. dari mana 來自哪裡	Dari mana? Berasal dari mana?	從哪裡來？ 來自哪裡？	第7課
7. bagaimana 怎麼樣、如何	Bagaimana dengan makanan ini? Bagaimana bacaannya?	這食物怎麼樣？ 這個怎麼唸？	第8課
8. berapa 多少、幾	Nomornya berapa? Berapa orang?	號碼是幾號？ 幾位？	第9課
9. kapan 何時	Kapan mau pulang? Kapan akan berangkat?	何時要回去？ 何時要出發？	第12課
10. mengapa / kenapa 為什麼	Mengapa terlambat? Mengapa dia belum datang?	為什麼遲到了？ 為什麼他還沒來？	第12課

其他疑問代名詞：

疑問代名詞	例句		詳細內容
1. Ada? 有嗎？/有在嗎？	Ada orang di sini? Pak Irianto ada?	這裡有人在嗎？ Pak Irianto有在嗎？	第6課
2. Mana? 哪裡？	Mana buku kamu? Kamu orang mana?	你的書在哪裡呢？ 你是哪裡人？	第6課
3. Boleh? 可以嗎？	Boleh saya merokok?	我可以抽菸嗎？	第8課
4. Bisa? 會嗎？/可以嗎？	Bisa bahasa Indonesia? Bisa dimakan?	會印尼語嗎？ 可以吃嗎？	第8課
5. Umur berapa? 幾歲？	Umurnya berapa?	（你）幾歲？	第9課
6. Berapa orang? 幾個人？	Berapa orang dalam keluargamu? 你家有幾個人？		第10課
7. Jam berapa? 幾點？	Jam berapa sekarang?	現在幾點？	第11課
8. Berapa lama? 多久？	Sudah berapa lama?	已經多久了？	第11課
9. Berapa besar? 多大？	Berapa besar rumahmu?	你家多大？	第11課
10. Masih ada? 還有嗎？	Masih ada kamar?	還有房間嗎？	第12課

附錄 3 Kata Penghubung（連接詞）總複習

連接詞	例句	詳細內容
1. adalah 是	Ini adalah mobil saya. 這是我的車。	第5課
2. yang 的（連接形容詞）	Saya tinggal di rumah yang besar itu. 我住在那間大房子裡。	第5課
3. dan 和、還有	Saya suka makan nasi dan mie. 我喜歡吃飯和麵。	第6課
4. atau 或、還是	Kamu suka makan nasi atau mie? 你喜歡吃飯或麵？	第6課
5. tetapi / tapi 但是	Saya suka makan nasi tetapi dia tidak suka. 我喜歡吃飯，但是他不喜歡。	第7課
6. kalau / jika 如果	Saya mau beli mobil kalau saya punya uang. 如果我有錢，我要買車。	第7課
7. untuk 為了、對	Kamu belajar bahasa Indonesia untuk apa? 你為了什麼學習印尼語？	第8課
8. dengan 跟、和、用	Saya tinggal dengan ibu saya. 我跟我媽媽住。 Saya pergi ke kantor dengan menggunakan bus. 我用（搭）巴士去辦公室。	第8課
9. jadi 所以	Saya belum makan, jadi sekarang lapar sekali. 我還沒吃，所以現在很餓。	第9課
10. supaya / agar 以便	Saya makan dulu agar bisa pergi berbelanja. 我先吃以便可以去購物。	第9課
11. meskipun / walaupun 雖然	Meskipun saya belum makan, saya tidak lapar. 雖然我還沒吃，但是我不餓。	第10課
12. tanpa 沒有	Tanpa dia saya tidak mau pergi. 沒有他，我不去。	第10課
13. sewaktu / ketika / saat 當	Sewaktu saya sampai di rumah, ibu sudah tidur. 當我到家時，媽媽已經睡了。	第11課

附錄 4 Kata Keterangan（副詞）總複習

常見副詞	例句	詳細內容
1. lagi 再、又 （口語用lagi（正在））	Sampai bertemu lagi. 再見。 Saya lagi makan. 我正在吃。（口語）	第3課
2. sudah / telah 已經	Kamu sudah makan belum? 你已經吃過了嗎？	第3課 第12課
3. belum 還沒	Kamu sudah makan belum? 你已經吃過了嗎？	第3課
4. harus 應該、必須	Saya harus pergi dulu. 我必須先走了。	第3課
5. sekali ……極了、一次	Senang sekali bertemu dengan kamu. 很開心見到你。 Saya makan nasi goreng sekali seminggu. 我一個星期吃一次炒飯。	第3課
6. banyak 多	Banyak terima kasih. 非常謝謝。	第3課
7. sangat / amat 非常、很	Orang tua itu sangat kaya. 那個老人很富有。	第5課
8. tidak 不	Saya tidak suka makan durian. 我不喜歡吃榴槤。 Makanan itu tidak bagus. 那食物不好（吃）。	第5課 第10課
9. bukan 不是	Dia bukan ayah saya. 他不是我爸爸。 Saya bukan orang Taiwan. 我不是台灣人。	第5課 第10課
10. mau 要	Mau ke mana? 要去哪裡？	第7課
11. ingin 想要（口語用pengen）	Saya ingin pergi ke pasar. 我想要去市場。 Saya pengen makan nasi goreng. 我很想吃炒飯。	第7課

12. sedang 正在	Saya sedang belajar bahasa Indonesia. 我正在學習印尼語。	第8課 第12課
13. boleh 可以	Boleh saya merokok? 我可以抽菸嗎？	第8課
14. bisa 會、可以	Saya bisa bahasa Indonesia. 我會印尼語。	第8課
15. hanya 只（口語用cuma、cuman）	Saya hanya bisa sedikit bahasa Indonesia. 我只會一點印尼語。 Saya cuma bisa bilang: “enggak tau.” 我只會說：「不知道。」	第8課
16. tentu 肯定、當然	Tentu saja. 肯定的、當然。	第8課
17. kurang 少、減、不太	Saya kurang mengerti. 我不太了解。	第9課 第11課
18. tiada 沒有	Dia sudah tiada. 他已經不在了。	第10課
19. tanpa 沒有（*without*）	Tanpa dia saya tidak mau pergi. 沒有他，我不去。	第10課
20. kira-kira 差不多	Kira-kira jam sembilan. 差不多9點。	第11課
21. sekitar 差不多、附近	Sekitar dua orang. 差不多2個人。 Ada WC di sekitar sini? 在這附近有廁所嗎？	第11課
22. kurang lebih 差不多	Kurang lebih dua puluh orang akan datang. 差不多20個人會來。	第11課
23. lebih 多、比較	Panjangnya lebih dari 3 meter. 長度超過3公尺。 Jam sembilan lebih lima belas menit. 9點15分。	第11課
24. akan 將要	Saya akan datang besok. 我將會在明天來。	第12課
25. masih 還、還是	Saya masih makan. 我還在吃。 Masih ada kamar kosong? 還有空房間嗎？	第12課

附錄 5 Kata Kerja（動詞）總複習

序號	常用動詞	常用例句
1	ada 有	Saya tidak ada uang. 我沒有錢。
2	ambil 拿、拍（照）	Ambil kursi dan duduk. 拿椅子坐下來。 Tolong ambil foto. 請幫忙拍照。
3	baca 唸	Saya suka membaca buku. 我喜歡讀書。
4	bangun 起床	Saya biasanya bangun jam enam pagi. 我通常早上6點起床。
5	bawa 帶、開（車）	Ingat bawa buku ke sekolah. 記得帶書去學校。 Saya bawa mobil sendiri. 我自己開車。
6	bekerja 工作	Saya bekerja di Taipei. 我在台北工作。
7	belajar 學習	Saya suka belajar bahasa Indonesia. 我喜歡學印尼語。
8	beli 買	Saya mau beli baju itu. 我要買那件衣服。
9	berdiri 站	Guru berdiri di depan. 老師站在前面。
10	beri 給 （口語用kasih）	Tolong berikan saya nomor telepon kamu. 請給我你的電話號碼。 Aku kasih tahu kamu. 我告訴你。
11	berlibur 放假	Saya berlibur dua hari seminggu. 我一星期放假2天。
12	bertemu 見面	Senang bertemu dengan kamu. 很開心見到你。
13	bicara 說、講	Tolong bicara dalam bahasa Indonesia. 請說印尼語。
14	cari 找	Saya cari Bapak Irianto. 我找Irianto先生。
15	datang 來、到達	Saya akan datang lagi besok. 我明天將會再來。
16	dengar 聽	Saya lupa apa yang saya dengar. 我忘了我聽到的。
17	duduk 坐	Jangan duduk di sini. 不要坐在這裡。
18	ingat 記得	Saya masih ingat. 我還記得。
19	istirahat 休息	Kita beristirahat selama sepuluh menit. 我們休息10分鐘。

20	jalan	走	Saya berjalan kaki ke sekolah.	我走路去學校。
21	jual	賣	Saya mau jual komputer ini.	我要賣這台電腦。
22	jumpa	見	Sampai jumpa.	再見。
23	kawin	結婚	Saya sudah kawin.	我已經結婚了。
24	keluar	出去	Saya mau keluar.	我要出去。
25	kembali	回來	Saya akan kembali besok.	我會在明天回來。
26	kencan	約會	Saya mau berkencan dengan kamu.	我想要跟你約會。
27	lihat	看	Apa yang saya lihat, saya ingat.	我記得我所看到的。
28	lupa	忘記	Saya sudah lupa.	我已經忘了。
29	makan	吃	Saya suka makan nasi goreng.	我喜歡吃炒飯。
30	mandi	洗澡	Saya sudah mandi.	我已經洗澡了。
31	masuk	進來	Boleh saya masuk?	我可以進來嗎？
32	mengerti	了解	Saya kurang mengerti.	我不太了解。
33	menikah	結婚	Saya belum menikah.	我還沒結婚。
34	minum	喝	Saya suka minum teh panas.	我喜歡喝熱茶。
35	mulai	開始	Kelas saya mulai pada jam dua sore. 我的課下午2點開始。	
36	naik	上升、乘坐	Harga barang naik. Saya naik pesawat ke Taiwan.	物價上漲。 我搭乘飛機去台灣。
37	omong	講	Saya enggak suka banyak omong.	我不喜歡多說話。
38	pakai 穿、用、使用		Saya suka pakai baju putih. Pakai AC tidak?	我喜歡穿白衣服。 有用冷氣嗎？
39	pergi	去	Saya mau pergi ke kantor.	我要去辦公室。
40	pulang	回	Saya mau pulang ke rumah.	我要回家。
41	punya	擁有	Saya tidak punya mobil sendiri.	我沒有自己的車。
42	sampai	到達、直到	Saya bekerja dari pagi sampai malam. 我從早到晚在工作。	
43	sayang	愛、可惜	Saya sayang pada anak saya.	我愛我的小孩。

44	selesai	結束、完成	Sudah selesai.	已經結束了。
45	suka	喜歡	Saya suka Indonesia.	我喜歡印尼。
46	tahu	知道	Saya kurang tahu.	我不太知道。
47	terima	接收	Saya belum terima.	我還沒收到。
48	tidur	睡	Saya tidur pada jam sepuluh.	我10點睡。
49	tinggal	住	Saya tinggal di Taiwan.	我住在台灣。
50	turun	落、下車	Pak, saya mau turun. Kemarin hujan turun.	先生，我要下車。 昨天下雨。

附錄 6 Kata Sifat（形容詞）總複習

	基礎形容詞		例句	
1	besar	大	rumah yang besar	大的購物中心
2	kecil	小	kamar yang kecil	小的房間
3	panjang	長	kaki yang panjang	長的腿
4	pendek	短、矮	celana yang pendek	短的褲子
5	tinggi	高	pohon yang tinggi	高的樹
6	rendah	低	tekanan darah yang rendah	低的血壓
7	muda	年輕、淺（色）	orang yang muda	年輕人
8	tua	老、深（色）	kakek yang tua	老的爺爺
9	dekat	近	rumah yang dekat	近的家
10	jauh	遠	kantor yang jauh	遠的辦公室
11	bodoh	笨	anjing yang bodoh	笨的狗
12	pintar	聰明	anak yang pintar	聰明的小孩
13	pandai	聰明	pelajar yang pandai	聰明的學生
14	malas	懶惰	murid yang malas	懶惰的小孩
15	rajin	勤奮	pekerja yang rajin	勤奮的工人
16	murah	便宜	sayur yang murah	便宜的菜
17	mahal	貴	tas yang mahal	貴的包
18	cantik	美	wanita yang cantik	美麗的女人
19	jelek	醜	baju yang jelek	醜的衣服
20	ganteng	帥	pria yang ganteng	帥的男士
21	keren	酷	cowok yang keren	酷的男士
22	baik	好	cuaca yang baik	好的天氣
23	buruk	壞	suasana hati yang buruk	壞的心情

24	baru	新	mobil yang baru	新的車子
25	lama	舊	sepeda yang lama	舊的機車
26	betul	對	cara yang betul	對的方法
27	salah	錯	jawaban yang salah	錯的答案
28	gemuk	肥	babi yang gemuk	肥的豬
29	kurus	瘦	kambing yang kurus	瘦的羊
30	cepat	快	internet yang cepat	快的網路
31	lambat	慢	koneksi yang lambat	慢的連線

附錄 7 印尼語標點符號的用法

印尼語的標點符號「Tanda baca」與英語大同小異，以下是一些常見的標點符號。

印尼語常見的標點符號

符號	符號名稱		符號	符號名稱	
.	Titik	句號	( )	Tanda kurung	括弧
,	Koma	逗號	[ ]	Tanda kurung siku	夾註號
;	Titik koma	分號	“ ”	Tanda petik	雙引號
:	Titik dua	冒號	‘ ’	Tanda petik tunggal	單引號
-	Tanda hubung	連字號	/	Tanda garis miring	斜槓
?	Tanda tanya	問號	...	Tanda elipsis	省略號
!	Tanda seru	驚嘆號	’	Tanda penyingkat	上標點

1. 「.」：Titik（句號）

句號用在一個句子的結束、人名縮寫、頭銜稱呼、常見縮寫、時間寫法、千位數等。

（1）句子的結束：Saya orang Taiwan.　我是台灣人。

（2）人名縮寫：R.A. Budiman（布迪曼）

（3）頭銜稱呼：Prof. → Profesor（教授）
Sdr. → Saudara（弟兄）
Bpk. → Bapak（先生）

（4）常見縮寫：dll. → dan lain-lain（和其他的）
tgl. → tanggal（日期）

（5）時間寫法：Jam 8.15.12 (Jam 8 lewat 15 menit 12 detik)（8點15分12秒）

（6）千位數：51.156 orang（5萬1156人）、Rp 120.000（12萬印尼盾）

Titik（句號）「.」不用在以下幾處：由字首組合而成的字（例如：TKI、SMA等）、年份、電話號碼、地址、印尼盾（Rp）等。

2. 「,」：Koma（逗號）

逗號用作單字的分隔、轉折分句、主句與子句的分隔、連接詞之後、語助詞之後、分隔對話框、當作數字的小數點的標號、印尼盾的元與角（sen）的分隔、做更多的解釋、名字與學術頭銜的分隔和地址、地點等的分隔。

（1）單字的分隔：Saya membeli celana, baju, dan dasi.（dan前面也加「,」）
我買褲子、衣服和領帶。

（2）轉折分句：Saya suka makan nasi, tetapi dia tidak suka.
我喜歡吃飯，但是他不喜歡。

* 用在有相反或轉折的句子，例如tetapi（但是）、melainkan（此外）等。

（3）主句與子句的分隔：Kalau hujan, saya tidak akan datang.
如果下雨，我將不會來。

* 「如果下雨」是主句，「我將不會來」是子句。
* 但假設子句在主句前面，則不需要加逗號。例如：Saya tidak akan datang kalau hujan.（如果下雨，我就不會來。）

（4）連接詞之後：Oleh karena itu, saya pulang ke Taiwan.
因為如此，我回到台灣。

* 用在特定的句首連接詞，例如jadi（所以）、lagipula（不僅……還）、oleh karena itu（因為如此）、akan tetapi（卻……但是）、meskipun begitu（雖然那樣）等等。

（5）語助詞之後：Wah, sangat cantik!　哇，好美！

（6）分隔對話框："Permisi," kata ayah, "Saya harus pergi."
「不好意思。」爸爸說，「我得走了。」
* 但如果是對話框內以驚嘆號或問號結束，則不需要加逗號。例如："Nama kamu siapa?" tanya ayah.（「你叫什麼名字？」爸爸問。）

（7）當作數字的小數點的標號：0,01 meter sama dengan 1 cm（0.01公尺相等於1公分）

（8）印尼盾的元與角（sen）的分隔：Rp 1.000,50（1000印尼盾5角）

（9）做更多的解釋：Guru saya, Ibu Susi, baik sekali.
我的老師，Susi女士，很好。

（10）名字與學術頭銜的分隔：Moh. Budiman, S.H.（Sarjana Hukum法律學士）

（11）地址、地點等的分隔：Sdr. Budiman, Jalan Sudirman, Jakarta Utara
Jakarta, 10 Maret 1983
Jakarta, Indonesia

3. 「;」：Titik koma（分號）

用在對等的分句中，平常較少使用，較常見於文學作品中。

（1）對等的分句：Hari makin malam; kami belum makan.
天色漸晚；我們還沒吃。

4. 「:」：Titik dua（冒號）

用在指示對象、對話框、期刊卷號、主副標題、章節段落等。

（1）指示對象：Saya membutuhkan barang harian: sabun, handuk, dan bantal.
我需要日常用品：肥皂、毛巾和枕頭。
* 冒號不用在一般陳述句中的補語。例如：Saya membutuhkan sabun, handuk, dan bantal.（我需要肥皂、毛巾和枕頭。）

（2）對話框：Susi: Selamat pagi.　Susi：「早安。」
Arianto: Selamat pagi.　Arianto：「早安。」

（3）期刊卷號：Tempo 2/2005, 25:9（Tempo 雜誌 2005年2月，第25卷第9期）

（4）主副標題：Laskar Pelangi: Sekolah Saya（《彩虹戰士》〈我的學校〉）

（5）章節段落：Al Qur'an surat Al-Insyiraah 94:5（古蘭經的章節段落）

5. 「-」：Tanda hubung（連字號）

連字號用在重複的字、連接功能、單字或日期的分隔，以及說明某些詞組的組合。

（1）重複的字：baik-baik（好好地）、berjalan-jalan（逛逛）

（2）連接功能

①前綴se-之後，連接的大寫單字：se-Indonesia（全印尼）

②前綴ke-之後，數字的序號：ke-2（第二）

③名詞後綴-an：tahun 80-an（八〇年代）

④連接簡寫：KTP-nya nomor 12345（他的身分證號12345）

⑤前後綴連接外來語：meng-*upgrade*（升級）、di-*upload*（被上傳）

（3）單字或日期的分隔：20-3-1983（1983年3月20日）、a-p-a → apa（什麼）

（4）說明某些詞組的組合：be-revolusi dan ber-evolusi（這兩個字的字根不一樣）

6.「?」：Tanda tanya（問號）

問號用在一般問句或不確定的事實陳述上。

（1）一般問句：Apa kabar?　你好嗎？

（2）不確定的事實陳述：Dia dilahirkan pada tahun 1953 (?).

他在1953（？）年出生。

7.「!」：Tanda seru（驚嘆號）

驚嘆號用在語助詞、驚嘆句之後，以及表達讚嘆、驚訝、緊張、亢奮情緒等句子。

（1）語助詞、驚嘆句之後：Wah! Enaknya!　哇！好吃極了！

（2）表達讚嘆、驚訝、緊張、亢奮情緒等句子：Merdeka!　獨立！

8.「(　)」：Tanda kurung（括弧）

括弧用作解釋或進一步說明。

（1）Inilah Monas (Monumen Nasional).　這就是印尼國家紀念塔。

（2）Dia tinggal di Surabaya (kota kedua besar di Indoneisa) dengan orang tuanya.

他跟父母住在泗水（印尼第二大城市）。

9.「[　]」：Tanda kurung siku（夾註號）

夾註號用在引用原文勘誤時使用，以及在括弧內需要再做解釋時。

（1）引用原文勘誤時使用：Sang kancil [b]erjalan.（b在原文中消失了，在引用時把b加回來）

（2）在括弧內需要再做解釋：(Proses ini sudah dijalani [lihat buku 1])

（這個過程已經進行了[請看書1]）

10.「“　”」：Tanda petik（雙引號）

雙引號用在引述原話、在句子裡的篇名、特別的名稱等。

（1）引述原話：“Saya belum makan,” kata Susi, “tunggu sebentar!”

「我還沒吃。」Susi說，「等一下！」

（2）在句子裡的篇名：Bacalah cerita "Kegemaran Saya" dalam buku Tiga Pelajar.

讀《三名學生》這本書裡的〈我的興趣〉這故事。

（3）特別的名稱：Dia dipanggil "Si Pendek".　他被稱做「矮子」。

11.「'　'」：Tanda petik tunggal（單引號）

單引號用於雙引號裡需要再做引述的字，以及外語翻譯的解釋。

（1）用於雙引號裡需要再做引述的字：

Tanya Ibu, "Kamu dengar bunyi 'tok-tok' tadi?"

媽媽問：「你剛才有聽到『嘟嘟』的聲音嗎？」

（2）外語翻譯的解釋：*feed-back* 'balikan'（回饋）

12.「/」：Garis miring（斜槓）

斜槓用在公文書信的序號、與數學有關的「per」（每一）。

（1）公文書信的序號：No. 08/PR/1982

（2）與數學有關的per（每一）：Harganya Rp 100.000/keping（每一塊價格是10萬印尼盾）

13.「...」：Tanda elipsis（省略號）

省略號的形式是3個點，可用在為完成句子等狀態。如果省略號在句子尾端時，則還是得加上句點。

Saya suka makan durian, manggis, mangga....

我喜歡吃榴槤、山竹、芒果……。

14.「'」：Tanda penyingkat（上標點）

上標點也會稱為apostrof，用在某個單字拼寫不完整時。

（1）Saya 'kan pergi.　我將會離開。（'kan → akan（將））

（2）Kau 'tlah pergi.　你已經離開了。（'tlah → telah（已經））

附錄 8 練習題解答

Pelajaran 1　印尼語的發音：子音、母音、雙母音、濁音 VS. 清音

練習一下（1）：請聽MP3的內容，寫出所聽到的字母。

1. AC　2. WC　3. BMI　4. KTP　5. TKW　6. TKI
7. RI　8. hp　9. PRT　10. PNS

練習一下（2）：請聽MP3的內容，寫出所聽到的單字。

1. untuk　2. orang　3. enak　4. elok　5. apa　6. anak
7. enam　8. otak　9. ular　10. ikan

練習一下（3）：請聽MP3的內容，寫出所聽到的單字。

1. batu　2. rasa　3. nasi　4. cari　5. dadu　6. foto
7. gigi　8. hati　9. jadi　10. kuda

練習一下（4）：請聽MP3的內容，寫出所聽到的6組清音、濁音。

1. tari、dari　2. pagi、bagi　3. dua、tua
4. gagak、kakak　5. bursa、pulsa　6. kalau、galau

練習一下（5）：請聽MP3的內容，寫出所聽到的單字。

1. teh　2. waktu　3. zaman　4. suka　5. nasi　6. lagu
7. ikan　8. catur　9. aku　10. dua　11. visa　12. yakin
13. perut　14. goreng　15. dada　16. waduh　17. sabun　18. minum
19. uang　20. jalan

練習一下（6）：請聽MP3的內容，寫出所聽到的雙母音單字。

1. santai　2. pulau　3. harimau　4. pandai　5. sampai　6. sepoi

B、學習總複習

請聽MP3的內容，並把所聽到的單字寫下來。

1. ikan　2. sampai　3. data　4. bapak　5. babi　6. pagi
7. bagi　8. gagak　9. kakak　10. otak　11. kalau　12. santai
13. orang　14. suka　15. galau　16. kalau　17. goreng　18. apa
19. kabar　20. tua

Pelajaran 2　印尼語的發音：雙子音、相似子音（C / J、L / R、M / N、L / N）、尾音、外來字

練習一下（1）：請聽MP3的內容，把雙子音寫下來。

1. khusus　2. ngeri　3. nyonya　4. hanya　5. khawatir　6. dengan
7. isyarat　8. syukur　9. hanya　10. dengar

練習一下（2）：請聽MP3的內容，把以下10組相似字寫下來。

1. mana、nama　2. gula、guna　3. tari、tali
4. jujur、cucu　5. lusa、rusa　6. mata、nada
7. lada、nada　8. rupa、lupa　9. jari、cari
10. nama、lama

練習一下（3）：請聽MP3的內容，寫出所聽到的單字，並分辨尾音的差異。

1. lepap、bapak、apa、sempat
2. maka、kakak、ungkap、ikat
3. alat、lap、bola、tolak

練習一下（4）：請聽MP3的內容，寫出所聽到的單字。

1. mana、nafsu、tanah　2. langgar、tangga、tanggal
3. soto、kotor、botol　4. sudah、daftar、ada
5. jala、halal、ular

練習一下（5）：請聽MP3的內容，寫出所聽到的單字，並分辨尾音的差異。

1. bulan、malam、jala、pulang
2. makam、makan、tukang、maka
3. memang、nama、demam、taman

練習一下（6）：請聽MP3的內容，寫出所聽到的單字。

1. bangun　2. singa　3. singgah　4. langit　5. langgar　6. tangga
7. bunga　8. tangan　9. bungkus　10. bangga

練習一下（7）：請聽MP3的內容，寫出所聽到的單字。

1. plafon　2. kredit　3. klinik　4. gratis　5. swasta　6. stasiun
7. drama　8. skandal　9. provinsi　10. transfer

B、學習總複習

請聆聽MP3的單字，並寫下來，請特別注意尾音的差異。

1. bangun　2. bangga　3. bulan　4. pulang　5. khusus　6. studi

7. gratis　8. nyamuk　9. dengan　10. nyanyi　11. makam　12. makan
13. tukang　14. maka　15. sudah　16. daftar　17. soto　18. kotor
19. halal　20. baik

Pelajaran 3　基本問候語與稱呼：太太，早安。/ 先生，你好嗎？

練習一下（1）：請將下列單字翻譯成中文。

1. pagi	早上	2. siang	中午
3. sore	下午	4. malam	晚上
5. selamat	安全、平安	6. sudah	已經
7. makan	吃	8. belum	還沒
9. boleh	可以	10. saya	我
11. kamu	你	12. jalan	走、路
13. tinggal	住、留	14. sampai	到達
15. jumpa	見面	16. jaga	照顧
17. diri	身體、自我	18. sendiri	自己
19. datang	來、到達	20. permisi	不好意思
21. tidur	睡	22. dulu	先、以前
23. enggak	不	24. masuk	進來
25. tunggu	等	26. silakan	請
27. senang	開心	28. sekali	極了
29. dengan	跟	30. bertemu	見面

練習一下（2）：請在下列空格中寫上正確的稱呼和問候。

1. Ali早上見到Susanti太太，他應該要說：
   Selamat pagi, Ibu Susanti.
2. Dermawan晚上在夜市要跟賣手機殼的年輕小姐買東西，他應該要說：
   Selamat malam, Mbak.
3. Dewi下午在公司見客戶林先生，他應該要說：
   Selamat sore, Bapak Lin.
4. Suharto見到王女士來訪，他表達歡迎她，應該說：
   Selamat datang, Ibu Wang.
5. Irianto請黃小姐坐下來，他可以說：
   Silakan duduk, Nona Huang.

6. 餐廳裡，我請一個小妹幫我擦桌子，之後我可以跟她說：
   Terima kasih, Dik.
7. 在夜市裡，我買完食物，賣炒飯的小妹跟我說再見，她可能會說：
   Sampai jumpa, Kak.
8. 林太太打電話找客戶，接線小姐要轉接，請林太太等一下，她可能說：
   Tunggu sebentar, Bu.
9. 陳太太回家問家裡看護Ani吃過了沒，她可以問：
   Sudah makan belum, Dik Ani?
10. 向警察伯伯問路，你可以說：
    Permisi, Pak.

練習一下（3）：請將下列對話翻譯成印尼語。

1. 不好意思，我可以進來嗎？ Permisi, bolehkah saya masuk?
   請進。 Silakan masuk.
2. 先生，抱歉。 Minta maaf, Bapak.
   小弟，沒關係。 Adik, tidak apa-apa.
3. 女士，你吃過了嗎？ Ibu, kamu sudah makan belum?
   大哥，我吃過了。 Mas, saya sudah makan.
4. 不好意思，先生，我要先走了。 Permisi, Pak, saya permisi dulu.
   明天見，慢走。 Sampai besok, selamat jalan.
5. 太太，歡迎光臨。 Ibu, selamat datang.
   先生，慢走。 Bapak, selamat jalan.

B、學習總複習

請將下列對話翻譯成印尼語。

1. 先生，你好嗎？ Bapak, apa kabar?
   很好，謝謝。 Baik, terima kasih.
2. 午安，你吃過了嗎？ Selamat siang, kamu sudah makan belum?
   午安，我吃過了。 Selamat siang, saya sudah makan.
3. 女士，你好嗎？ Ibu, apa kabar?
   還好，你呢？ Lumayan. Kamu?
4. 姊，早安。 Embak, selamat pagi.
   早安，你好嗎？ Selamat pagi, apa kabar?
5. 先生，早安。 Bapak, selamat pagi.
   女士，早安。 Ibu, selamat pagi.

6. 女士，你好嗎？ Ibu, apa kabar?
   滿好的。謝謝。 Baik-baik saja. Terima kasih.
   你吃過了嗎？ Kamu sudah makan belum?
   我吃過了，謝謝。 Saya sudah makan, terima kasih.

Pelajaran 4　人稱代名詞、所有格：你叫什麼名字？我是Jokowi。

練習一下（1）：請將下列各種包含人稱代名詞的句子翻譯成印尼語。

1. 我喜歡你。 Saya suka kamu.
2. 你不喜歡他。 Kamu tidak suka dia.
3. 他喜歡我。 Dia suka saya.
4. 我們是台灣人。 Kita/Kami adalah orang Taiwan.
5. 他們愛台灣。 Mereka cinta Taiwan.
6. 我是學生。 Saya adalah siswa.
7. 他是老師。 Dia adalah guru.
8. 你很美。 Kamu sangat cantik.

練習一下（2）：請將下列包含所有格的對話翻譯成印尼語。

1. 你的名字是什麼？ Nama kamu siapa?
   我的名字是Jokowi. Namaku Jokowi.
2. 先生（您）的名字是什麼？ Nama Bapak siapa?
   我的名字是Jokowi. Namaku Jokowi.
3. 太太（您）的名字是什麼？ Nama Ibu siapa?
   我的名字是Siti。 Nama saya Siti.
4. 我的父親喜歡你的車子。 Ayah saya suka mobil kamu.
5. 他是我的情人。 Dia adalah pacar saya.
6. 他是我的印尼語老師。 Dia adalah guru bahasa Indonesia saya.
7. 我們是台灣人。 Kita / Kami adalah orang Taiwan.
8. 我們的小孩是台灣人。 Anak kita / kami adalah orang Taiwan.
9. 我先走了！再見。 Saya permisi dulu. Sampai jumpa.
10. 早安，先生女士們。 Selamat pagi, bapak-bapak dan ibu-ibu.

練習一下（3）：請將下列對話翻譯成印尼語，並用所有格的簡寫來回答。

1. 這是誰的車子？ Ini mobil siapa?
   這是我的車子。 Ini mobilku.

2. 這是你的車子？ Ini mobilmu?
   是，這是我的車子。 Ya, ini mobilku.
3. 這房子是誰的？ Rumah ini punya siapa?
   這房子是我爸爸的。 Rumah ini punya ayahku.
4. 那是誰的褲子？ Itu celana siapa?
   那是我的褲子。 Itu celanaku.
5. 這衣服是誰的？ Baju ini punya siapa?
   這是我的。 Ini punyaku.

練習一下（4）：請將下列句子翻譯成印尼語。

1. 你的名字是什麼？ Nama kamu siapa?
2. 這是誰？ Ini siapa?
3. 那是誰的房子？ Itu rumah siapa?
4. 兄弟，你的名字是什麼？ Nama Saudara siapa?
5. 姊妹，你的名字是什麼？ Nama Saudari siapa?
6. 這是誰的？ Ini punya siapa?
7. 這車子是誰的？ Mobil ini punya siapa?
8. 先生的名字是什麼？ Nama Bapak siapa?

練習一下（5）：請將「六、所有格的閱讀練習」翻譯成中文。

我的名字是Dermawan

我的名字是Dermawan。我是高中生。我的妹妹是Erwiana。他是國中生。我住在班達亞齊市。我的學校離家很近。

我的爸爸是小學老師。他是印尼語老師。他的名字是Suyono。爸爸的學校離家不遠。他騎腳踏車去學校。

我的媽媽也是小學老師。她的名字是Ariana。她是中文老師。媽媽的學校離家很遠。很早她就出發去學校。她開車去（學校）。

Yantito是我的學校裡的好朋友。他是台灣人。他喜歡吃雞腿和炒飯。

我的印尼語老師是Nisah女士。她是印尼人。她住在班達亞齊市。

B、學習總複習

請將下列對話翻譯成印尼語。

1. 你的名字是什麼？ Nama kamu siapa?
   我的名字是Suharto。 Nama saya Suharto.
2. 先生（您）的名字是什麼？ Nama Bapak siapa?
   我的名字是Jokowi。 Namaku Jokowi.

3. 他的名字是什麼？ Namanya siapa?
   他的名字是Jokowi。 Namanya Jokowi.
4. 這是誰的車子？ Ini mobil siapa?
   這是我們的車子。 Ini mobil kita/ kami.
5. 這是誰的？ Ini punya siapa?
   這是我的。 Ini punya saya.
6. 這是誰的家？ Ini rumah siapa?
   這是我的家。 Ini rumah saya.
7. 這是誰？ Ini siapa?
   這是Ani，我的朋友。 Ini Ani, teman saya.
8. 他是誰？ Siapa dia?
   他是我的情人。 Dia pacar saya.

E、好好玩：填字遊戲

請將下列的單字翻譯成印尼語，並填入正確的表格裡。

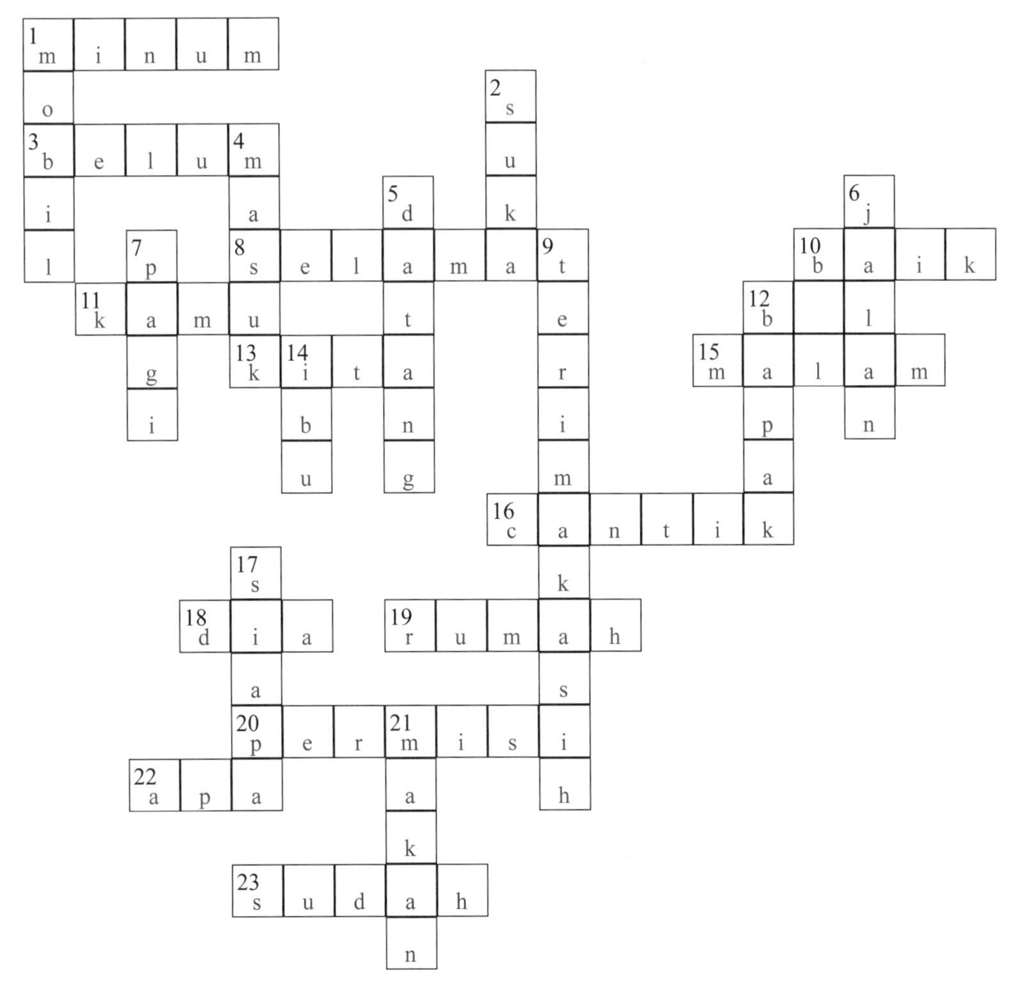

Pelajaran 5 指示詞、基礎名詞和形容詞：這是什麼？這是很長的火車。

練習一下（1）：請將下列句子翻譯成印尼語。

1. 這是你的衣服。 Ini baju kamu.
2. 我的名字是Suharto。 Nama saya Suharto.
3. 那不是我的車子。 Itu bukan mobil saya.
4. 這書不是我的書。 Buku ini bukan buku saya.
5. 這是火車。 Ini kereta api.
6. 我們喜歡那（隻）狗。 Kita / Kami suka anjing itu.
7. 他們喜歡你的鞋子。 Mereka suka sepatu kamu.
8. 這不是爸爸的椅子。 Ini bukan kursi ayah.

練習一下（2）：請將下列單字組合成複合名詞。

1. 炒飯 nasi goreng
2. 餐廳 rumah makan
3. 炸雞 ayam goreng
4. 短裙 rok pendek
5. 雞飯 nasi ayam
6. 長褲 celana panjang
7. 雞（肉）麵 mie ayam
8. 長裙 rok panjang

練習一下（3）：請將下列形容子句的句子翻譯成印尼語。

1. 那個人 orang itu
2. 那個老人 orang tua itu
3. 那個富有的人 orang kaya itu
4. 那個富有的老人 orang tua yang kaya itu
5. 那個老的有錢人 orang kaya yang tua itu
6. 長的火車 kereta api yang panjang
7. 大的醫院 rumah sakit yang besar
8. 你的大房子 rumah kamu yang besar

練習一下（4）：請將以下有疑問代名詞的句子翻譯成印尼語。

1. 這是什麼？ Ini apa?
2. 你喜歡吃什麼？ Kamu suka makan apa?
3. 你要什麼？ Kamu mau apa? / Apa yang kamu mau?

4. 你是否有小孩？ Apakah kamu punya anak?
5. 你是否是一位大學生？ Apakah kamu seorang mahasiswa?
6. 這車子是否是你的？ Apakah mobil ini punya kamu?
7. 那是什麼？ Apa itu?
8. 什麼都好。 Apa saja.

B、學習總複習

請將下列對話翻譯成印尼語。

1. 這是什麼？ Apa ini? / Ini apa?
   這是貓。 Ini adalah kucing.
2. 這是你的貓嗎？ Apakah ini kucing kamu?
   這不是我的貓。 Ini bukan kucing saya.
3. 那是什麼？ Apa itu? / Itu apa?
   那是桌子。 Itu adalah meja.
4. 這是什麼？ Ini apa?
   這是大的車。 Ini mobil yang besar.
5. 那（間）小房子是誰的家？ Rumah yang kecil itu rumah siapa?
   那（間）小房子是我的家。 Rumah yang kecil itu rumah saya.
6. 你是台灣人嗎？ Apakah kamu orang Taiwan?
   是的，我是台灣人。 Ya, saya orang Taiwan.
7. 你要買什麼？ Kamu mau beli apa?
   我要買炒飯。 Saya mau beli nasi goreng.
8. 這是誰的長褲？ Ini celana panjang siapa?
   這是爸爸的長褲。 Ini celana panjang bapak.
9. 我的蠟染衣很美麗。 Baju batik saya sangat cantik.
10. 你們不是台灣人。 Kalian bukan orang Taiwan.

Pelajaran 6　疑問代名詞：你住在哪裡？我住在雅加達。

練習一下（1）：請根據對話，從A、B、C、D選項中選出正確答案。

1. Selamat pagi, Bapak Irianto.　C. Selamat pagi.
2. Bapak tinggal di mana?　A. Saya tinggal di Taipei.
3. Kamu lahir di mana?　A. Saya lahir di Jakarta.
4. Di mana rumah kamu?　D. Rumah saya di Taipei.
5. Ibu bekerja di mana?　B. Saya bekerja di Taipei.

練習一下（2）：請將下列各種詢問工作的對話翻譯成印尼語。

1. 你在哪裡工作？ Kamu bekerja di mana?
   我在工廠工作。 Saya bekerja di pabrik.
2. 女士您在哪裡工作？ Ibu bekerja di mana?
   我在學校當老師。 Saya bekerja di sekolah sebagai seorang guru.
3. 先生在哪裡工作？ Bapak bekerja di mana?
   我在公司當職員。 Saya bekerja di perusahaan sebagai karyawan.
4. 先生的職業是什麼？ Pak, pekerjaannya apa?
   我（是）一位公務員。 Saya seorang pegawai negeri.
5. 您的工作是什麼？ Apa pekerjaan Anda?
   我（是）大學生。 Saya mahasiswa.
6. 你的工作是什麼？ Apa pekerjaan kamu?
   我在台灣當家庭看護。
   Saya bekerja di Taiwan sebagai PRT(Pembantu Rumah Tangga).

練習一下（3）：請將下列中文翻譯成含有疑問代名詞di mana的印尼語。

1. 先生在哪裡工作？ Bapak bekerja di mana?
2. 我在台北工作。 Saya bekerja di Taipei.
3. 你的車呢？ Mana mobil kamu?
4. （有）在家裡。 Ada di rumah.
5. 你的椅子呢？ Mana kursi kamu?
6. （有）在那裡。 Ada di sana.
7. 你的家在哪裡？ Rumah kamu di mana?
8. 我的家在雅加達。 Rumah saya di Jakarta.

練習一下（4）：請將下列中文翻譯成含有連接詞dan、atau的印尼語。

1. 晚安和好眠。 Selamat malam dan selamat tidur.
2. 謝謝和再見。 Terima kasih dan sampai jumpa.
3. 你住在台北還是高雄？ Kamu tinggal di Taipei atau Kaohsiung?
4. 你是一位老師還是職員？ Kamu seorang guru atau karyawan?
5. 你在哪裡工作？台北還是桃園？ Kamu bekerja di mana? Taipei atau Taoyuan?

練習一下（5）：請將「六、閱讀練習」翻譯成中文。

A：您在哪裡出生？

B：我在桃園出生。

A：您現在自己住？

B：是，對。我自己住在公寓。
A：你是否跟家人一起住？
B：不，我自己住。
A：您的父母住在哪裡？
B：他們住在高雄。
A：您現在在哪裡工作？
B：我在台北的公司上班。
A：您的父母在哪裡工作？
B：我的爸爸在醫院裡工作。我的媽媽沒有工作，她是一位家庭主婦。

B、學習總複習

請將下列對話翻譯成印尼語。

1. 你現在位在哪裡？ Kamu berada di mana sekarang?
   我現在在書店。 Saya berada di toko buku sekarang.
2. 你現在住在哪裡？ Kamu tinggal di mana sekarang?
   我現在住在學校宿舍。 Saya tinggal di asrama sekolah sekarang.
3. 你在哪裡工作？ Kamu bekerja di mana?
   我在醫院當醫生。 Saya bekerja di rumah sakit sebagai dokter.
4. 你家在哪裡？ Rumah kamu di mana?
   我家在那裡。 Rumah saya di sana.
5. 你的出生地在哪裡？ Tempat lahir kamu di mana?
   我的出生地在台北。 Tempat lahir saya di Taipei.
   我在台北出生。 Saya lahir di Taipei.
6. 你的座位在哪裡？ Tempat duduk kamu di mana?
   我的座位在這裡。 Tempat duduk saya di sini.
7. 你的車停在哪裡？ Mobil kamu parkir di mana?
   我的車停在那裡。 Mobil saya parkir di sana.
8. 你的工作是什麼？ Apa pekerjaan kamu?
   我是一位老師。 Saya seorang guru.
9. 你那美麗的蠟染衣在哪裡？ Baju batik kamu yang cantik itu di mana?
   我那美麗的蠟染衣在家裡。 Baju batik saya yang cantik itu di rumah.
10. 你的辦公室在哪裡？ Kantor kamu di mana?
    我的辦公室在桃園。 Kantor saya di Tao Yuan.

Pelajaran 7　疑問代名詞：你來自哪裡？ / 你要去哪裡？

練習一下（1）：請將下列對話翻譯成印尼語或中文。

1. 你來自哪裡？ Kamu dari mana?
   我來自高雄。 Saya dari Kaohsiung.
2. 你來自哪裡？ Kamu datang dari mana?
   我來自台灣。 Saya datang dari Taiwan.
3. 你哪裡人？ Kamu orang mana?
   我是台灣人。 Saya orang Taiwan.
4. 先生（您）哪裡人？ Bapak orang mana?
   我來自台北。 Saya dari Taipei.
5. 女士您哪裡人？ Ibu orang mana?
   我是台東人。 Saya orang Taitung.
6. Dari mana kamu datang? 你來自哪裡？
   Saya datang dari Chiayi. 我來自嘉義。

練習一下（2）：請將下列有關去向的句子翻譯成印尼語。

1. 去哪？ Ke mana?
   回去。 Pulang.
2. 要去哪？ Mau ke mana?
   沒去哪。 Tidak ke mana-mana.
3. 你要去哪裡？ Kamu mau pergi ke mana?
   我要去辦公室。 Saya mau pergi ke kantor.
4. 你想要去哪裡？ Kamu ingin pergi ke mana?
   我想要去我媽媽的家。 Saya ingin pergi ke rumah ibu saya.
5. 女士您要去哪裡？ Ibu mau pergi ke mana?
   我要去購物。 Saya mau pergi berbelanja.
6. 大哥（你）要去哪？ Mas, mau ke mana?
   哪裡都好。 Mana saja.

練習一下（3）：請將下列中文翻譯成含有疑問代名詞ke mana、dari mana的印尼語，或是將印尼語翻譯成中文。

1. 你來自哪裡？ Kamu datang dari mana?
2. 你要去哪裡？ Kamu mau pergi ke mana?
3. 你來自哪裡？ Kamu dari mana?
4. 你哪裡人？ Kamu orang mana?
5. 我要去菜市場。 Saya mau pergi ke pasar.
6. Mana saja. 哪裡都好。

練習一下（4）：請將下列有tetapi、kalau的句子翻譯成中文。

1. Cathy：Saya suka makan nasi goreng. Kalau kamu?
   我喜歡吃炒飯，那你呢？
2. John：Saya suka makan nasi tetapi tidak ada nasi di sini.
   我喜歡吃飯，但是這裡沒有飯。
3. John：Saya orang Taiwan tetapi saya tinggal di Indonesia sekarang.
   我是台灣人，但是我現在住在印尼。
4. Cathy：Kalau kamu pergi ke pasar, kamu mau beli apa?
   如果你去市場，你要買甚麼？
5. John：Kalau sudah makan, pulang sajalah.
   如果已經吃了，就回去吧！

B、學習總複習

請將下列對話翻譯成印尼語。

1. 先生（您）來自哪裡？ Bapak datang dari mana?
   我來自台北。 Saya datang dari Taipei.
2. 太太（您）要去哪裡？ Ibu mau pergi ke mana?
   我要去市中心。 Saya mau pergi ke pusat kota.
3. 你哪裡人？ Kamu orang mana?
   我印尼人。 Saya orang Indonesia.
4. 要去哪裡？ Mau ke mana?
   去學校。 Ke sekolah.
6. 先生（您）要去哪裡？ Bapak mau pergi ke mana?
   我要去旅遊。 Saya mau pergi berwisata.
7. 要去哪裡？ Mau ke mana?
   沒有要去哪裡。 Tidak ke mana-mana.

Pelajaran 8　助動詞：你會說印尼語嗎？可以 VS. 會

練習一下（1）：請根據對話，從A、B、C、D選項中選出正確答案。

1. Embak bisa bicara bahasa apa saja?　B. Saya bisa bicara bahasa Indonesia saja.
2. Permisi, Pak, apakah Bapak bisa berbahasa Indonesia?　A. Ya, tentu saja.
3. Apakah kamu mengerti?　C. Maaf, saya kurang mengerti.
4. Mas belajar bahasa Indonesia untuk apa?　B. Untuk pekerjaan saya.
5. Ibu belajar bahasa Indonesia di mana?　C. Saya mengambil kursus.

練習一下（2）：請將下列中文翻譯成印尼語。

1. 這個字怎麼唸？　Bagaimana bacaannya?
2. 這個字是什麼意思？　Ini artinya apa?
3. 你可以寫下這個字嗎？　Bolehkah kamu menulis kata ini?
4. 這叫做什麼？　Ini namanya apa?
5. 什麼意思？我不太了解。　Artinya apa? Saya kurang mengerti.
6. 你會講印尼語嗎？　Kamu bisa bicara bahasa Indonesia?
7. 我會講一點印尼語。　Saya bisa sedikit bahasa Indonesia.
8. 可以重複一次嗎？　Bisa ulangi sekali lagi?

練習一下（3）：請在下列句子的空格中，填上untuk或dengan。

1. Saya tinggal dengan ibu dan bapak saya.　我跟我的爸媽一起住。
2. Jaga diri dengan baik.　照顧好自己。
3. Ibu membeli sepatu untuk saya.　媽媽買鞋子給我。
4. Saya bisa bicara bahasa Indonesia dengan lancar.　我會講流利的印尼語。
5. Kamu belajar bahasa Indonesia untuk apa?　你學習印尼語是為了什麼？
6. Dia pergi ke kantor dengan menggunakan mobil sendiri.　他用自己的車去辦公室。

練習一下（4）：請將下列對話翻譯成含有bagaimana的印尼語。

1. Susi：你好嗎，先生？　Bapak, apa kabar?
   Irianto：很好，你怎麼樣？　Baik sekali. Bagaimana dengan kamu?
   Susi：我也很好，謝謝。　Saya juga baik. Terima kasih.
2. John：我正在學印尼語。　Saya sedang belajar bahasa Indonesia.
   Nisah：非常好，John哥。　Baik sekali, Mas John.
   John：這個字怎麼唸？　Bagaimana bacaannya?
   你可以寫這個字嗎？　Bolehkah kamu menulis kata ini?
   Nisah：當然可以。　Tentu saja boleh.

練習一下（5）：請將「六、閱讀練習」翻譯成中文。

A：小姐是大學生嗎？

B：是，對。我是在台灣的大學生。

A：幾年級了？

B：二年級。

A：什麼系？

B：英國語言與文學系。

A：你正在學什麼？

B：我正在學印尼語。

A：印尼語怎麼樣？難嗎？

B：不，不怎麼難。很有趣。

A：那你的印尼語怎麼樣？已經流利了嗎？

B：是，已經流利了。

A：除了印尼語之外，你要學什麼？

B：我要學印尼歷史。

B、學習總複習

請在下列句子中填上適當的助動詞或動詞，並翻譯成中文。

1. Pelajar tidak boleh makan di kelas. 學生不可以在教室裡吃。
2. Saya mau makan malam. 我要吃晚餐。
3. Pak Hassan tidak bisa berbahasa Inggris. Hassan先生不會說英語。
   Kamu harus berbicara dalam bahasa Indonesia. 你必須說印尼語。
4. Mau ke mana, embak? 姊，要去哪裡？
5. Selamat pagi, pak. Bolehkah saya masuk? 早安，先生。我可以進來嗎？
6. Mobil ini punya siapa? Tidak boleh parkir di situ.
   這是誰的車？不可以停在那裡。
7. Bolehkah saya makan sekarang? 我現在可以吃嗎？
8. Ayah saya mau beli mobil BMW. 我爸爸要買BMW的車。
9. Bolehkah saya masuk? 我可以進來嗎？
10. Saya harus / mau pergi ke kantor. 我必須 / 要去辦公室。

E、好好玩：填字遊戲

請將下列的單字翻譯成印尼語，並填入正確的表格裡。

Pelajaran 9 數字：數數1、2、3

練習一下（1）：請根據對話，從A、B、C、D選項中選出正確答案。

1. Bolehkah kasi nomor telepon kamu? B. Tentu saja. Nomor saya adalah 0912-345-678.
2. Sekarang tahun berapa? B. Tahun 2015.
3. Berapa orang pelajar dalam kelas? D. Tiga ratus orang.
4. Umur kamu berapa? C. Umur saya dua puluh tahun.
5. Berapa harga baju itu? C. Dua puluh ribu Rupiah.

練習一下（2）：請在下列句子的空格中，填上正確的答案。

1. empat ribu kurang dua ribu sama dengan dua ribu
2. satu tambah dua tambah tiga sama dengan enam
3. sembilan kali tujuh sama dengan enam puluh tiga
4. enam belas tambah empat sama dengan dua puluh
5. satu perempat tambah dua perempat sama dengan tiga perempat
6. dua puluh kurang dua belas sama dengan delapan
7. dua perlima tambah satu perlima sama dengan tiga perlima
8. dua puluh kali tiga ratus sama dengan enam ribu

練習一下（3）：請將下列句子翻譯成含有jadi或supaya / agar的印尼語。

1. 我學習印尼語以便可以跟朋友聊天。
   Saya belajar bahasa Indonesia supaya bisa berbicara dengan teman.
2. 我在印尼工作，所以需要學習印尼語。
   Saya bekerja di Indonesia, jadi harus belajar bahasa Indonesia.
3. 我的印尼語不流利，所以需要繼續練習。
   Bahasa Indonesia saya tidak lancar, jadi harus terus berlatih.
4. 我是台灣人，所以會講中文。
   Saya orang Taiwan, jadi bisa berbahasa Mandarin.
5. 他學習中文，以便可以在台灣工作。
   Dia belajar bahasa Mandarin supaya bisa bekerja di Taiwan.

練習一下（4）：請將下列句子翻譯成含有berapa的印尼語。

1. 你的電話幾號？ Nomor telepon kamu berapa?
2. 你的年齡是多少？ Umur kamu berapa?
3. 多少人？ Berapa orang?
4. 多少？ Berapa? / Berapa banyak?

5. 價格多少？ Harga berapa? / Berapa harga?
6. 多少百分比？ Berapa persen?
7. 多遠？ Berapa jauh?
8. 多大？ Berapa besar?

練習一下（5）：請閱讀「Memperkenalkan diri（自我介紹）」並回答下列問題。

1. Apakah ayah nisah seorang pengusaha?
   Ya, ayah Nisah seorang pengusaha.
2. Ibu Nisah seorang apa?
   Ibu Nisah seorang guru bahasa Inggris.
3. Mereka tinggal di mana?
   Mereka tinggal di Kota Taipei Baru.
4. Nisah bekerja di mana?
   Nisah bekerja di sebuah perusahaan di Taipei.
5. Nisah suka pergi ke mana? Untuk apa?
   Nisah suka pergi ke pasar malam untuk makan malam.
6. Dulu ayah Nisah belajar di fakultas apa?
   Dulu ayah Nisah belajar di Fakultas Ekonomi.
7. Ibu Nisah berasal dari mana?
   Ibu Nisah berasal dari Hualien.

B、學習總複習

請將下列寫出對應的數字或印尼語。

1. 100 seratus
2. 123 seratus dua puluh tiga
3. 12 dua belas
4. 202 dua ratus dua
5. 780 tujuh ratus delapan puluh
6. 2991 dua ribu sembilan ratus sembilan puluh satu
7. 3482 tiga ribu empat ratus delapan puluh dua
8. 第一 pertama
9. 3/7 tiga pertujuh
10. 97,65% sembilan puluh tujuh koma enam lima persen
11. 305 tiga ratus lima
12. 110 seratus sepuluh

13. 111 seratus sebelas
14. 第二 kedua
15. 一半 setengah, separuh
16. seratus dua belas 112
17. seratus dua puluh sembilan 129
18. dua belas ribu empat ratus dua puluh 12.420
19. dua ribu dua 2002
20. dua ribu lima belas 2015

E、好好玩

1. 找出這些數字

請從下列的印尼語中，找出你認識的印尼文字。

```
              C M J J F
          D D T L P O U R
        X E Q B I     U U E
      D M L S S M       K M S
    Z U C A E E A         P S C
    T A H P P B Y         A E W H Z V D
  A U R T A U E R N E D B T M D Q R L D I
  L J I I N L L A T X U J T B U Y I N E E R
E S U B G F U A T W D A Z I I A G B P E N A
A Q H U A P H S U V T N H G L B T U K U A B
E A H S R O S S S V G Z T A A E S Z W S M A
I Q W A A V G L J U L U I C N L A I U V H T
  Z P T T C K M M C L U R Q H A T M G B L
    X U U V                   S U Z Y
      A S                       P N
```

2. 算一算

請算出下列的答案，並用印尼語唸出來。

a. 927（sembilan ratus dua puluh tujuh）
b. 69（enam puluh sembilan）
c. 64 （enam puluh empat）
d. 584（lima ratus delapan puluh empat）
e. 466（empat ratus enam puluh enam）

f. 474（empat ratus tujuh puluh empat）

g. 894（delapan ratus sembilan puluh empat）

h. 549（lima ratus empat puluh sembilan）

i. 399（tiga ratus sembilan puluh sembilan）

j. 551（lima ratus lima puluh satu）

k. 672（enam ratus tujuh puluh dua）

l. 924（sembilan ratus dua puluh empat）

m. 955（sembilan ratus lima puluh lima）

n. 104（seratus empat）

o. 201（dua ratus satu）

p. 850（delapan ratus lima puluh）

q. 613（enam ratus tiga belas）

r. 266（dua ratus enam puluh enam）

s. 767（tujuh ratus enam puluh tujuh）

t. 295（dua ratus sembilan puluh lima）

Pelajaran 10　家庭中的稱謂：我的家庭真可愛

練習一下（1）：請根據對話，從A、B、C、D選項中選出正確答案。

1. Berapa orang kamu bersaudara?　C. Saya anak tunggal.
2. Ada berapa orang dalam keluarga kamu?　B. Orang tua dan dua orang kakak.
3. Kamu anak keberapa dalam keluarga?　A. Saya anak sulung.
4. Kamu punya berapa anak?　D. Tiga saja.
5. Apakah kamu punya anak?　A. Ya, ada dua.

練習一下（2）：請將下列句子翻譯成印尼語。

1. 小姐，你結婚了嗎？　Embak sudah menikah belum?
   結婚了。　Sudah.
2. 大哥，已經結婚了嗎？　Mas sudah menikah belum?
   還沒。　Belum.
3. 有幾個孩子？　Anaknya berapa?
   1個。　Satu.
4. 你已經有男（女）朋友了嗎？　Kamu sudah punya pacar belum?
   我沒有男（女）朋友。　Saya belum punya pacar.
5. 我還年輕。還沒有要結婚。　Saya masih muda. Belum mau menikah.

6. 要跟我一起吃晚餐嗎？ Mau makan malam bersama dengan saya?
   可以啊！ Boleh juga.

練習一下（3）：請將下列的句子翻譯為含有meskipun或dalam的印尼語。

1. 雖然我正在學習印尼語，但是我只會一點點。
   Meskipun saya sedang belajar bahasa Indonesia, tapi saya hanya bisa sedikit saja.
2. 有30位學生在教室裡。
   Ada tiga puluh orang pelajar di dalam kelas.
3. 你家裡有幾個人？
   Berapa orang dalam keluarga kamu?
4. 雖然我是台灣人，但是我不會講中文。
   Meskipun saya orang Taiwan,tapi saya tidak bisa berbahasa Mandarin.
5. 雖然他在印尼工作，但是他還不會用印尼語講話。
   Meskipun dia bekerja di Indonesia, tapi dia masih tidak bisa berbicara dalam bahasa Indonesia.

練習一下（4）：請在下列空格中填上適當的否定詞。

1. Kakak laki-laki saya tidak ada di rumah. 我的哥哥不在家。
2. Saya bukan orang Malaysia, saya dari Indonesia.
   我不是馬來西亞人，我來自印尼。
3. Saya tidak mau pergi ke pasar. 我不要去市場。
4. Tiada anjing di rumah saya. 沒有狗在我家。
5. Malam tanpa pacar. 沒有情人的晚上。
6. Ini bukan yang baik. 這不是好的。
7. Ini tidak baik. 這個不好。
8. Tanpa ibu saya tidak mau makan. 沒有媽媽，我不要吃。
9. Saya belum tidur. 我還沒睡。
10. Istri saya bukan orang Taiwan. 我妻子不是台灣人。

練習一下（5）：請閱讀「Memperkenalkan keluarga saya（介紹我的家人）」並回答下列問題。

1. Ayah Susi namanya siapa?
   Nama ayah Susi adalah Surya Daruharum.
2. Ibu Susi seorang apa?
   Ibu Susi seorang ibu rumah tangga.

3. Mereka tinggal di mana?

   Mereka tinggal di Kota Taipei Baru.

4. Susi bekerja di mana?

   Nisah bekerja di sebuah bank.

5. Apakah Susi sudah punya pacar atau masih sendirian?

   Susi sudah punya pacar.

6. Pacarnya datang dari mana?

   Pacarnya berasal dari Jakarta.

B、學習總複習

請將下列中文翻譯成正確的印尼語問句，並回答。

1. 你家有幾個人（有什麼人）？ Ada berapa orang dalam keluarga kamu?

   我家有爸媽和1個妹妹。

   Keluarga saya ada ayah, ibu, dan seorang adik perempuan.

2. 你有幾個兄弟姊妹？ Berapa orang kamu bersaudara?

   我有2個兄弟姊妹。 Saya dua bersaudara.

   1個姊姊和1個弟弟。 Seorang kakak perempuan dan seorang adik laki-laki.

3. 你有幾個小孩？ Kamu punya berapa anak?

   我有1個女兒。 Saya punya seorang anak perempuan / putri.

4. 你已經有家庭了嗎？ Kamu sudah berkeluarga?

   是，已經（成家）了。 Ya, sudah.

5. 你結婚了嗎？ Kamu sudah menikah?

   結婚了。 Sudah.

6. 有幾個孩子？ Anaknya berapa?

   1個。 Satu/ Seorang anak.

7. 幾歲了？ Umurnya berapa?

   3歲。 Tiga tahun.

8. 你已經有男（女）朋友了嗎？ Kamu sudah punya pacar belum?

   沒有，我沒有男（女）朋友。 Belum, saya belum punya pacar.

E、好好玩

請從下列的印尼語中，找出家人的稱呼。

F Y

V B J H

H S O R S W

W Q S Y B N U V

Q P S R C B D P M J

C G A Y A H Y K Z B D J

W K A K A K L A K I L A K I

N I Z K A K E K I S T R I D Z S

J D K X Q W J B I B I O F A D I K W

Y H O H U K E L U A R G A T A N T E R M

O Y N E Y A N A K B U G M E R T U A K E

I O X Q Q M L B K L L I B U Z Y U D

B N K A K A K P E R E M P U A N

M E N A N T U S N E N E K O

P A M A N H E Q D D O C

P U I P N S B B X G

S U A M I Q C L

B A P A K W

U C O G

L S

Pelajaran 11　時間：現在幾點鐘？

練習一下（1）：請根據對話，從A、B、C、D選項中選出正確答案。

1. Jam berapa sekarang?　C. Sekarang jam tujuh pagi.
2. Kamu pergi ke kelas jam berapa?　C. Jam 9 pagi.
3. Biasanya kamu bangun jam berapa?　A. Biasanya saya bangun jam delapan pagi.
4. Biasanya kamu tidur jam berapa?　B. Biasanya saya tidur jam sebelas malam.
5. Kamu mengerjakan PR jam berapa?　C. Kira-kira jam sepuluh malam.

練習一下（2）：請將下列對話翻譯成印尼語。

1. 現在幾點了？　Jam berapa sekarang?

   剛6點。　Pas jam enam.

2. 你幾點要去市場？ Jam berapa kamu mau pergi ke pasar?
   大概5點半。 Sekitar jam setengah enam.
3. 你通常幾點睡？ Biasanya kamu tidur jam berapa?
   我通常9點睡。 Saya biasanya tidur jam sembilan malam.
4. 需要耗費多久時間？ Harus makan waktu berapa lama?
   大概3個半小時。 Sekitar tiga setengah jam.
5. 你幾點要出發？ Jam berapa kamu mau berangkat? / Jam berapa berangkatnya?
   大概2點半。 Kira-kira jam setengah tiga.

練習一下（3）：請將下列句子翻譯為含有sewaktu / ketika（當）、pada（於）的印尼語。

1. 當我在辦公室，他已經到了。
   Dia sudah tiba sewaktu / ketika / saat saya berada di kantor.
2. 我通常在早上6點起床。
   Saya biasanya bangun pada jam enam pagi.
3. 當我先生回來時，我已經睡了。
   Saya sudah tidur sewaktu suami saya pulang.
4. 當我在吃飯時，姊姊已經回去了。
   Sewaktu / Ketika / Saat saya sedang makan, kakak sudah pulang.
5. 他通常在早上8點到達辦公室。
   Dia biasanya tiba di kantor pada jam delapan pagi.
6. 我愛我媽媽。
   Saya sayang pada ibu saya.

練習一下（4）：請將下列句子翻譯為含有berapa的印尼語。

1. 需要多久時間？ Makan waktu berapa lama?
2. 有多少？ Ada berapa banyak?
3. 你家多大？ Rumah kamu berapa besar?
4. 你的褲子多長？ Celana kamu berapa panjangnya?
5. 你已經在台北住多久？ Sudah berapa lama kamu tinggal di Taipei?
6. 你幾歲？ Umurnya berapa?
7. 多久會到？ Berapa lama untuk tiba?
8. 要住多久？ Mau tinggal berapa lama?

練習一下（5）：請閱讀「Selamat kembali di Indonesia（歡迎回到印尼）」並回答下列問題。

1. Kalau jalannya lancar, dari bandara sampai di rumah Juwita harus makan waktu berapa lama?
   Kira-kira dua jam.
2. Juwita berkuliah di mana?
   Juwita berkuliah di Universitas Indonesia.
3. Sudah berapa lama dia berkuliah di sana?
   Sudah dua tahun.
4. Biasanya Juwita bangun jam berapa?
   Biasanya dia bangun pada jam delapan pagi.
5. Bagaimana dia pergi ke sekolah?
   Dengan berjalan kaki.
6. Berapa lama untuk sampai kalau berjalan kaki ke sekolah?
   Kira-kira 30 menit.

練習一下（6）：請閱讀「六、短篇自我介紹」並翻譯成中文。

我的名字是Nisah。我是（唸）國際關係學系的大學生，三年級。我也正在學習印尼語。在萬隆（Bandung），我暫住在我伯父的家。通常我早上7點起床，晚上10點睡。我通常一天洗2次澡。

從我住的地方到校園，如果騎腳踏車，需要花大約40分鐘。在大學的學習課程從早上9點開始，到下午5點。

我的父母住在西爪哇的萬隆。那城市離雅加達差不多150公里遠。

B、學習總複習

請將下列對話翻譯成印尼語。

1. 現在幾點鐘？ Jam berapa sekarang?
   3點整。 Jam tiga tepat.
2. 現在幾點鐘？ Jam berapa sekarang?
   5點半。 Jam setengah enam.
3. 你通常幾點起床？ Biasanya kamu bangun jam berapa?
   我通常早上7點起床。 Saya biasanya bangun pada jam tujuh pagi.
4. 你幾點睡？ Jam berapa kamu pergi tidur?
   差不多11點。 Kira-kira jam sebelas.

5. 印尼語課幾點開始？ Kelas bahasa Indonesia mulai jam berapa?
   早上9點。 Jam sembilan pagi.
6. （你）幾點出發？ Jam berapa berangkatnya?
   差不多下午4點。 Sekitar jam empat sore.
7. （需）耗費多久（時間）？ Harus makan waktu berapa lama?
   2個小時。 Dua jam.
8. 從這裡到那裡要多久？ Berapa lama dari sini ke sana?
   差不多3個小時。 Sekitar tiga jam.

E、好好玩

請回答下列問題。

1. jam dua belas empat puluh satu menit （ 12：41 ）
2. jam sepuluh dua puluh empat menit （ 10：24 ）
3. jam lima delapan belas （ 5：18 ）
4. jam tiga dua puluh lima （ 3：25 ）
5. jam sebelas lima belas menit （ 11：15 ）
6. jam tujuh satu menit （ 7：01 ）
7. jam delapan tiga menit （ 8：03 ）
8. jam dua lima puluh enam menit （ 2：56 ）
9. jam satu empat puluh lima menit （ 1：45 ）

Pelajaran 12　星期、天、月、年：今天星期幾？

練習一下（1）：請閱讀下列會話並回答問題。

1. Sefi mengajak Nisah dan Stefani ke mana?
   Ke pasar malam.
2. Jam berapa mereka akan pergi ke pasar malam?
   Jam delapan.
3. Mengapa Stefani tidak bisa ke pasar malam?
   Karena dia harus belajar.

練習一下（2）：請將下列對話翻譯成印尼語。

1. 已經住在台灣幾年了？ Sudah berapa tahun tinggal di Taiwan?
   已經3年。 Sudah tiga tahun.
2. 明天星期幾？ Besok hari apa?
   明天星期天。 Besok hari Minggu.

3. 現在是幾月？ Sekarang bulan apa?
   現在是7月。 Sekarang bulan Juli/ tujuh.
4. 你何時要出發去印尼？ Kapan kamu mau berangkat ke Indonesia?
   2個禮拜後。 Dua minggu kemudian.
5. 3天前，你在哪裡？ Tiga hari lalu, kamu di mana?
   3天前，我去夜市。 Tiga hari lalu, saya pergi ke pasar malam.

練習一下（3）：請將下列句子翻譯為含有sudah、sedang、akan、masih的印尼語。

1. 我明天早上將會去辦公室。
   Saya akan pergi ke kantor besok pagi.
2. 你吃過了嗎？
   Kamu sudah makan belum?
3. 我正在學習印尼語。
   Saya sedang belajar bahasa Indonesia.
4. 當我在睡覺時，他已經回去了。
   Saat saya sedang tidur, dia sudah pulang.
5. 他2個禮拜後會出發到美國。
   Dia akan berangkat ke Amerika Serikat dua minggu kemudian.
6. 你星期日晚上會做什麼事？
   Kamu akan lakukan apa pada Minggu malam?

練習一下（4）：請將下列句子翻譯為含有kapan的印尼語。

1. 你的生日何時？ Kapan ulang tahun kamu?
2. 你何時會到？ Kapan kamu akan datang?
3. 他何時會出發？ Kapan dia akan berangkat?
4. 你何時要去醫院？ Kapan kamu mau pergi ke rumah sakit?
5. 何時要回去？ Kapan mau pulang?
6. 隨時。 Kapan saja.
7. 你何時要去印尼？ Kapan kamu mau pergi ke Indonesia?
8. 何時可以再去？ Kapan bisa pergi lagi?

練習一下（5）：請閱讀「Selamat Datang di Taiwan（歡迎來台灣）」並回答下列問題。

1. Toto ini orang mana?
   Toto orang Indonesia.

2. Dia bekerja di mana sekarang?
   Dia bekerja di sebuah perusahaan di Kota Taipei Baru.
3. Apakah Toto sudah menikah?
   Sudah, sudah menikah tujuh tahun.
4. Toto berumur berapa?
   Dia berumur dua puluh delapan tahun.
5. Apakah Toto punya anak? Berapa orang?
   Dia punya dua anak, seorang anak laki-laki dan seorang anak perempuan.
6. Sudah berapa lama Toto bekerja di Taiwan?
   Sudah kurang lebih tiga tahun.

B、學習總複習

請將下列對話翻譯成印尼語。

1. 今天星期幾？ Hari ini hari apa?
   星期三。 Hari ini Rabu.
2. 明天你要去哪裡？ Kamu mau pergi ke mana besok?
   明天我要去辦公室。 Besok saya mau pergi ke kantor.
3. 你何時要去印尼？ Kapan kamu akan pergi ke Indonesia?
   下禮拜或2個禮拜後。 Minggu depan atau dua minggu kemudian.
4. 今天是幾號？ Hari ini tanggal berapa?
   今天20號。 Hari ini tanggal dua puluh.
5. 你的生日何時？ Kapan ulang tahun kamu?
   我的生日在8月1日。 Ulang tahun saya pada tanggal satu Agustus.
6. 在這裡住幾天了？ Sudah berapa hari kamu tinggal di sini?
   已經4天了。 Sudah empat hari.
7. 現在是幾月？ Sekarang bulan apa?
   現在是3月。 Sekarang bulan Maret.
8. 在這裡住幾年了？ Sudah berapa tahun tinggal di sini?
   已經3年了。 Sudah tiga tahun.

E、好好玩

請根據下列的印尼語拼出正確的印尼文字。

1. imseblna sembilan
2. arepmpeun perempuan
3. etmair akihs terima kasih

4. rtakee ipa <u>kereta api</u>
5. hruam kaits <u>rumah sakit</u>
6. ealanc ngaanjp <u>celana panjang</u>
7. ombil <u>mobil</u>
8. ndaisoine <u>indonesia</u>
9. tiwaan <u>taiwan</u>
10. ntuah <u>tahun</u>

附錄1：Kata Depan（介係詞）總複習

練習一下：填上適當的介係詞。

1. Saya bekerja __di__ perusahaan __di__ Nei Hu.
2. Ibu mau pergi __ke__ pasar.
3. Dia capek karena bekerja __dari__ jam enam pagi sampai sekarang.
4. Bapak suka pergi __-__ berjalan-jalan.
5. Sudah __-__ dua tahun saya tinggal di Taiwan.
6. Kakek saya suka berjalan-jalan __di__ sekitar sini.
7. Ibu sayang __pada__ anaknya.
8. Saya berasal __dari__ Taipei, tetapi sekarang saya tinggal __di__ Surabaya.
9. __Di__ mana ada buah-buahan yang manis?
10. Ayah biasanya tidur __pada__ jam sebelas malam.
11. __Dari__ mana kamu berasal?
12. Pulang __ke__ mana?
13. Ayam akan masak __dalam__ waktu dua jam.
14. __Dari__ sini bisa pergi __ke__ Bandung.
15. Saya biasanya bangun __pada__ jam delapan pagi.
16. Ibu mau pergi __ke__ pasar pagi.
17. Mau __ke__ mana?
18. Kakak laki-laki saya bekerja __pada__ dinas perdagangan.
19. Teman saya suka menyanyi __di dalam__ kelas.
20. Saya pergi __-__ berbelanja bersama teman minggu lalu.

國家圖書館出版品預行編目資料

印尼語，一學就上手！（第一冊）QR Code版 /
王麗蘭著
-- 二版 -- 臺北市：瑞蘭國際, 2021.05
320面；19 × 26公分 --（外語學習系列；93）
ISBN：978-986-5560-23-2（平裝）
1.印尼語 2.讀本
803.9118 110006286

外語學習系列 93

印尼語，一學就上手！（第一冊）QR Code版

作者｜王麗蘭・責任編輯｜葉仲芸、王愿琦
校對｜王麗蘭、葉仲芸、王愿琦

印尼語錄音｜王麗蘭、Nicko溫尼可、Caroline Rolanda Halim林慧蘭
錄音室｜采漾錄音製作有限公司
封面設計｜余佳憓、陳如琪・版型設計、內文排版｜陳如琪・美術插畫｜Rebecca

瑞蘭國際出版

董事長｜張暖彗・社長兼總編輯｜王愿琦
編輯部
副總編輯｜葉仲芸・主編｜潘治婷
設計部主任｜陳如琪
業務部
經理｜楊米琪・主任｜林湲洵・組長｜張毓庭

出版社｜瑞蘭國際有限公司・地址｜台北市大安區安和路一段104號7樓之1
電話｜(02)2700-4625・傳真｜(02)2700-4622・訂購專線｜(02)2700-4625
劃撥帳號｜19914152 瑞蘭國際有限公司
瑞蘭國際網路書城｜www.genki-japan.com.tw

法律顧問｜海灣國際法律事務所　呂錦峯律師

總經銷｜聯合發行股份有限公司・電話｜(02)2917-8022、2917-8042
傳真｜(02)2915-6275、2915-7212・印刷｜科億印刷股份有限公司
出版日期｜2021年05月初版1刷・定價｜480元・ISBN｜978-986-5560-23-2
2024年06月二版1刷

瑞蘭國際

瑞蘭國際